母乳

Mother's Milk *Edward St Aubyn*

[英]爱德华·圣奥宾 著

刘志刚 译

上海译文出版社

献给　卢西恩

2000年8月

第一章

为什么在出生时假装要弄死他？连着几天不让他睡觉，一遍遍拿他的头去撞击闭合的子宫颈；把脐带缠住他喉咙，憋得他快要窒息；用冰冷的剪刀剖开母亲的腹部；夹住他的脑袋，把脖子拧来拧去；把他拽出娘胎，一阵痛打；用灯照他的眼睛，一次又一次实验；把他抱走，任由母亲躺在手术台上，半死不活。也许，这么做是想断绝他对旧世界的留恋。先把他幽禁起来，让他对空间产生渴望，然后假装要杀死他，让他对获得的空间心存感激，虽说这是一片喧嚣的荒漠，只有母亲手臂上的绷带裹着他。再不会有完整的一体，温暖而周全，代表着一切。

阳光透过窗帘照进病房，午后的暑气把窗帘鼓胀起来，然后又让它扑通落下，贴着落地窗，遮住些许窗外的骄阳。

有人推门进来，窗帘向上翻卷，荡起一道涟漪。疏散的纸张发出沙沙声，病房变亮堂了，修路的震动声也随之变强。然后，门砰地关上，窗帘发出一声叹息，屋内重又暗淡下来。

“哦，别，别再送花来了。”母亲说。

他躺在鱼缸似的婴儿床里，隔着透明的四壁，什么都看得清清楚楚。一朵怒放的百合，用湿热的眼睛俯视着他。有时，微风会吹来苍兰刺鼻的花香，他真的很不想闻。母亲的睡衣上，一点点血斑混合着一条条暗橘色的花粉。

“这些人太客气了……”她笑得无力而沮丧，“我说，浴缸里还放得下吗？”

“够呛。里边已经放了玫瑰，还有些别的东西。”

“哎呀，真受不了。几百枝花被摘下来，塞进这些白色的花瓶，就为了让我们开心。”她笑得停不下来，脸上流下了眼泪，“这些花本该留在原处，像是哪里的某个花园。”

护士看了看手中的病历单。

“该吃扶他林了。”她说，“你得先止住痛，不然会疼死的。”

然后，她瞥了罗伯特一眼。只见罗伯特正盯着她的蓝眼睛，在那起伏的暗影里。

“小家伙真机灵。他在打量我呢。”

“孩子没事吧？”母亲突然慌了起来。

罗伯特也被吓了一跳。两人已不再是一体，但那份无助却是相同的。他们被潮水冲上陌生的海岸，累得爬不起来，于是只好躺在沙滩上，听着涛声，昏昏沉沉的。不过，还是要面对现实：母亲和他已经被分开。现在他知道，母亲已经属于外界。在她，这陌生的海岸是个新的角色；在他，这是个新的世界。

奇怪的是，他感觉好像来过这里。他向来知道有外界的存在。他原以为这是个寂静的水世界，自己身处中心。现在墙已倒塌，他才发现原来自己一直都生活在混沌中。在这簇新发亮的地方，该如何避免堕入新的混沌？在这凝重的氛围中，空气叮咬着皮肤，要如何像从前那样蹬腿、翻身？

昨天他以为自己快死了。也许他是对的，事实就是这样。什么都值得怀疑，但有一点，他确实已经脱离母亲。他意识到母子有别，因而对母亲便多了一份敬爱。以前，他和母亲很亲近。现在，他渴望亲近母亲。初尝渴望的滋味，这是天底下最可悲哀的事。

“哦，宝贝，怎么啦？”护士问，“是饿了，还是只想抱抱？”

她把罗伯特从鱼缸似的婴儿床里抱起来，越过大床和小床的间隙，递到母亲瘀青的手臂上。

“尽量让他在你胸前躺一会儿，然后自己也休息休息。这几天下来，你们俩都不容易。”

这是个很不安分的孩子。他受不了这么多猜疑，这么多刺激。他把初乳吐了母亲一身，然后，在随之而来的空虚和恍惚中，瞥见了阳光下鼓胀起来的窗帘。他目不转睛，就这么一直盯着看。这是他们玩的伎俩：用东西吸引你的注意，让你忘记母子分离的事实。

尽管这样，他并不想夸大自己的衰落。旧世界里也一直有各种限制。到最后，他是那么急切地想要逃离。他以为能回到年幼时无边无际的海洋，而不是在这荒芜的土地上漂泊。若没有悬在他和过往之间那块凶暴的面纱，他或许能在梦中重返海洋。

他正漂向那糖浆般甜腻的酣睡的边境，不知是去往浮华的世界，还是回到杀气腾腾的产房。

“可怜的孩子，八成是在做噩梦吧。”母亲抚摩着他的身体。于是，哭声开始断断续续，音量也逐渐减弱。

母亲吻他的额头，他心里明白，尽管两人不再共享一个身体，但却仍然有着同样的想法、同样的感受。想到这里，他也就释然了，身体一动打了个哆嗦，两眼瞪着窗帘，望着窗口透进的阳光。

他肯定睡了很久，因为父亲来了，而且已经锁定某个话题，一直说个不停。

“今天又看了几套公寓，跟你直说吧，情况很不妙。伦敦的房市已经完全失控。我打算还是采用第三套方案。”

“第三套方案？我都不记得了。”

“咱们还是待在现在的住处，然后从厨房隔出一间当卧室。如果对半分，壁橱就用来放孩子的玩具，床呢就摆在冰箱的位置。”

“那扫帚放哪儿？”

“不知道——反正再找个地方呗。”

“冰箱呢？”

“冰箱可以塞进洗衣机旁边的壁橱。”

“塞不进吧。”

“你怎么知道？”

“我当然知道。”

“不管怎么说……总得想出办法来。我也是一切从实际出发。有了孩子，什么都变了。”

父亲凑上前，轻轻地说：“再不行，就搬到苏格兰去。”

他的确变实际了。他知道老婆和儿子沉溺在困惑与敏感的泥潭里，他想把两人都救出来。对此，罗伯特也感同身受。

“我的天，手才这么点大。”父亲说，“不过，也没关系。”

他用小拇指挑起罗伯特的手，亲了一口。“我能抱抱他吗？”

母亲把他递给父亲。“小心脖子，现在还很软。你得拿手托着。”

三个人都感觉很紧张。

“是这样吗？”父亲用手托着他的背脊，从母亲怀里接过来，然后再把手枕在他头下。罗伯特也尽力保持镇定。他不想惹父母生气。

“还行。其实，我也不太清楚。”

“啊……这种事没有许可证也能做。为什么？养狗、看电视没许可就不行。[1]说不定，我们可以问下保姆——她叫什么来着？”

“玛格丽特。”

“对了，咱们去看我妈之前那个晚上，玛格丽特睡哪儿？”

“她说可以睡沙发，完全没问题。”

“就是不知道沙发会不会出问题。”

---

1 在英国，收看电视必须事先申请政府许可，并交纳一定费用。以“英国广播公司”（BBC）为例，目前每户每年需缴纳 147 英镑。

"别这么刻薄人家，她已经在'化学节食'了。"

"这多刺激啊。太阳从西边出来了。"

"她经验很丰富。"

"我们不也很丰富吗？"

"我是说带孩子的经验。"

"哦，孩子啊。"父亲用胡茬蹭他的脸蛋，然后又在他耳朵上咂了个响吻。

"可我们都宠着他。"母亲眼里噙着泪水，"这还不够吗？"

"被住房紧张又缺少经验的父母宠着？谢天谢地，亏得有个永远放假的外婆做靠山，还有个忙着拯救地球的奶奶——孩子出生就得消耗资源，这让她没那么开心啊。我妈家里已经有太多萨满用的拨浪鼓、'强力动物'[1]和'内在孩童'[2]，再也容不下一个长大的孩子。"

"没事。"母亲说，"我们已经不是孩子，我们现在是父母。"

"两个人都是，"父亲说，"问题就出在这儿。知道那天我妈怎么跟我说？她说，一个发达国家出生的孩子，消耗的资

1　强力动物（power animal），新萨满教认为能与个人进行灵性沟通的特定动物。

2　内在孩童（inner child），存在于无意识世界中类似于青春期前的人类原型状态。

源是一个孟加拉孩子的240倍。如果我们懂得自律，愿意收养239个孟加拉孩子，她会更热烈地欢迎我们。可是，这个巨无霸一样的西方孩子，他用的一次性尿布能填满好几亩地。很快，他还会吵着跟你要个人电脑，而且功能必须足够强大，要能让他一边跟杜布罗夫尼克[1]的网友下井字棋，一边启动火星之旅。这种孩子是不会得到她认可的。”说到这里，父亲顿了一下。“你没事吧？”他问。

“我从没这么开心过。”母亲边说边用手背擦拭着亮晶晶的两颊，“就是感觉有些空落落的。”

她把孩子的脑袋对准自己的乳头，孩子便吮吸起来。源自老家的一道涓涓细流，就这样注入他的口中，两个人再度融为一体。他能感觉到母亲的心跳。四周一片祥和，宛如生成了新的子宫。或许，这地方就很不错，只是难以进入罢了。

出生后最初几天的情况，罗伯特差不多只记得这些。但是，上个月弟弟呱呱坠地的时候，这些记忆又都回来了。这其中有些事上个月可能也提起过，可他不敢肯定。但就算提起，

1　杜布罗夫尼克（Dubrovnik），克罗地亚城市，濒临亚得里亚海，系著名的旅游胜地。

也只会让他回想起自己在医院的那些日子。所以说，这些记忆已经完全属于他。

罗伯特迷恋着过去。现在他已经五岁。五岁大的孩子，不再是托马斯那样的婴儿。他感到自己的幼年正在碎裂。在通往充分公民权的道路上，每一小步都伴随着祝贺与欢呼，但同时，他也听见了怅然若失的低语。他学会说话以后，事情开始发生变化。早期的回忆纷纷断裂，就像他背后那些橘色悬崖上的石板。它们哗啦啦坠入深不见底的大海；他想看个究竟，可大海却只是怒目相视。他的幼年正在被童年所湮灭。他想把幼年要回来，否则，托马斯会整个拿去。

罗伯特已经把父母、弟弟、玛格丽特抛在身后，他正蹒跚走在礁石丛中，走向底下沙滩上咯噔作响的石头，伸出的一只手里拎着磨损的塑料桶，桶上印着海豚跃出水面的图案。他跑回来，把漂亮的卵石给大家看，可卵石已经褪了颜色。这些石头已经骗不了他。他现在要找的是那种像糖豆一样的钝玻璃，它们都埋在岸边黑金色碎石四周的细沙里。这种玻璃就算不沾水，也都闪着青紫色的光。父亲告诉他玻璃是用沙做的，所以说，这也算是一种回归。

罗伯特来到岸边。他把塑料桶放在一块很高的礁岩上，开始寻找被海浪舔舐过的玻璃。海水在他脚踝边泛起白沫；等潮水一退下去，他就到冒泡的沙滩上去搜寻。出乎意料的是，第一波潮水就带来了惊喜：不是那种浅绿或乳白的珠子，而是一块稀有的黄宝石。他从沙子里挖出宝石，在下一波潮水里洗净表面的粗沙，然后手指捏着举起来，向着太阳，啊，原来是块很小的琥珀色肾形石。他望望岸上的父母，想要他们分享自己的兴奋与激动，可是两人都围着小宝宝，玛格丽特正在包里翻找什么东西。

玛格丽特又来了，罗伯特还很清楚地记得她。他还小的时候，玛格丽特照顾过他。那会儿情况不同，因为母亲只有他一个孩子。玛格丽特总爱说她是个“话痨”，但其实，说来说去全在说她自己。父亲说她是“节食理论”的专家。他不懂这是什么意思，但玛格丽特似乎确实因此变得很胖。为了省钱，父母原本不打算再请保姆，可就在来法国以前，他们临时变卦了。中介说，要想马上请到保姆，除了玛格丽特，再没别的人选。“多一双手多一份力。”母亲说。“但愿别又多出一张嘴来。”父亲回道。

罗伯特第一次见玛格丽特，是在产后出院回到家中。他在父母的厨房里醒来时，玛格丽特正抱着他上下颠动。

“我已经给太子殿下换过尿布，现在小屁屁别提多干爽啦。”她说。

“哦，”母亲说，“辛苦你了。”

他顿时感觉玛格丽特跟母亲不太一样。她总是说个没完，像拔了塞子的浴缸。母亲倒是不怎么爱说话，可一张口就刹不住车。

“他喜欢睡小床吗？”玛格丽特问。

“我不太清楚，昨晚他是在大床上跟我们睡的。”

玛格丽特低吼了一声。“嗯，”她说，“这习惯可不好。”

“他不肯睡小床。”

“你让他睡大床，他永远都不会想睡小床。”

“‘永远’也太久了吧。他星期三晚上才刚生下来；我出于本能，想多陪他一会儿——想一步步慢慢来。”

“亲爱的，我并不想质疑您的本能，”玛格丽特直截了当地说，“但我有40年的经验，这些年母亲们一再感谢我，感谢我让她们把孩子放下，让他们睡小床。我认识一位母亲，说起来还是阿拉伯人，脾气算不错。前几天，她从博特利打电话来跟我说，‘当初真该听你的，玛格丽特，我不该把孩子弄到大床上跟我睡。’她想让我回去，可我说，‘很抱歉，亲爱的，我下周要开始一份新的工作，去法国南部，七月份会跟孩子的奶奶住一起。’”

玛格丽特仰起头，在厨房大摇大摆地走了几步，身上撒下一大片面包屑，弄得罗伯特脸上很痒。母亲一声不吭，玛格丽特喃喃地继续道。

“别的不说，首先，这对孩子不公平——孩子都爱睡自己的小床。当然，我已经习惯一个人带孩子。夜里通常也是我在管孩子。”

这时，父亲走进房间，吻了吻罗伯特的额头。

“早安，玛格丽特。”他说，“但愿你睡了个好觉，因为我们都没睡好。”

“嗯，谢谢。别说，你家沙发还挺舒服的。当然，到了你母亲家，如果能有个属于自己的房间，那就更好咯。”

“那是当然。”父亲说，“你都打好包，准备走了吗？出租车随时会到。”

“你瞧，我都还没工夫打开行李，不是吗？除了那顶遮阳帽。我把它取出来，就怕法国那边太晒。”

“那边一向很晒。我母亲最关注灾难性的全球变暖，低于这个级别的，她都懒得出来站台。”

“呃，在博特利，这一点全球变暖都不算什么。”

“我可不敢这么说，如果你想跟基金会要间好房的话。”

“亲爱的，这话是什么意思？”

“哦，是这样，我母亲设立了一个‘超个人心理学[1]基金会’。”

“这么说，房子没留给你？”

“没有。”

“你听见了吗？”玛格丽特吓得脸色发白。这下她又来劲了，还把面包屑撒落在罗伯特的脸上。

罗伯特能感觉到父亲有多恼火。

“他这人特别沉得住气，才不会为这事担心。”母亲说。

一行人同时挪动了脚步。玛格丽特戴着遮阳帽走在前头。罗伯特的父母拖着行李勉强跟在后面。他们要带他去外面走走，去见见阳光。他很惊讶，原来世界也是一间产房，到处能听见生命的呐喊。树枝在攀援，树叶在颤动，一团团浓密的积雨云在飘移，消散的云边在洒满阳光的天上舒卷着。他能感觉到母亲的思绪，他能感觉到父亲的思绪，他能感觉到玛格丽特的思绪。

“他喜欢云。”母亲说。

“亲爱的，他看不到云。”玛格丽特说，“他这年纪的孩子根本没法集中注意力。”

---

1 超个人心理学（transpersonal psychology），也叫“灵魂心理学”，注重研究超越个人或自我的精神体验，其研究对象通常涵盖整个人类、生命或宇宙。

“虽然不像我们大人，但可能也是在看云吧。”父亲说。

玛格丽特嘟哝着钻进了嗡嗡作响的出租车。

罗伯特躺在母亲的腿上，一动不动，窗外的天与地飞驰而过。只要景物在动，他就觉得自己也在动。车灯扫过路边房屋的窗玻璃，各种震动从四面八方向他袭来，然后，林立的楼宇间突然裂开一道缝，一缕阳光掠过他的脸颊，将他的眼睑变成了橘粉色。

他们正在去奶奶家的路上，也就是他们现在住的那座房子，时间是弟弟出生后的第一周。

第二章

罗伯特坐在卧室的窗沿上，把玩着海滩上捡到的那些珠子。他把珠子摆来摆去，穷尽了各种可能的组合。透过蚊帐（上面的洞眼已经用胶布堵住），能看见露台上那棵茂盛的大梧桐树。风吹过成熟的树叶，发出像咂嘴一样的声音。假如房子着火，他可以爬出窗户，踩着树枝下去。反过来，绑匪也能踩着树枝爬上来。以前他从没想过这事，可现在，他无时无刻不在考虑这问题。母亲跟他说过，他小时候就爱躺在梧桐树下的婴儿床里。现在，换成托马斯躺在那里，接受着父母亲的呵护。

玛格丽特第二天就要走——感谢上帝，父亲这么说。父母想让玛格丽特多休息一天，可她却已经从村子里回来了，而且还带来了噩耗。罗伯特学玛格丽特的样子，在屋里一摇一摆地踱步，然后又绕回到窗边。大家都说他学得像；校长更是夸他“很有些歪才，希望能用到正路上”。这倒是实话，他一旦对什么来了兴趣，就能很好地消化、吸收。像他模仿玛格丽特，就是最好的证明。此刻，他正脸贴着蚊帐，想好好看看外面。

“哦，太热了。”玛格丽特拿着一本针织杂志给自己扇风，“我在邦多勒[1]什么农家干酪都没找到。超市里也没人说一句英语。‘农家干酪’，我指着街对面的房子说，‘农家知道吧，跟普通的房子一样，只是要小一点。’可最后，还是没人知道我在说什么。”

“这些人可真笨，”父亲说，“都给这么多提示了，还弄不明白。”

“嗯，结果我只好买了些法国干酪。”玛格丽特坐在矮墙上叹气道，“孩子还好吗？”

“看样子好像挺累。”母亲说。

“也难怪，毕竟天这么热。”玛格丽特说，“坦白说，我就是在划船时中暑的。我都快被烤焦了。亲爱的，让孩子多喝水。只有这样才能让他们凉下来。这个年龄的孩子可不能出汗。”

“又一条金科玉律。”父亲说，“不能出汗，不能走路，不能说话，不能看书，不能开车，不能开支票。一匹马刚出生

1　邦多勒（Bandol），位于法国东南普罗旺斯地区，盛产红葡萄酒。

几小时就能站立。所以，如果马也理财的话，估计没几天就能申请到信用额度。”

“马可用不着理财。”玛格丽特说。

“倒也是。”父亲已经累坏了。

一阵高亢的蝉鸣湮没了玛格丽特的说话声。罗伯特感觉一切都记忆犹新：梧桐树下绿荫满地，他躺在婴儿床里，听知了从喧哗陡然变为独鸣，然后再变成震耳欲聋的轰响。声音，画面，印象，他让一切停留在它们降落的地方。在那清凉的绿荫里，一切各得其所，这不是因为他了解事物，而是因为他了解自己的想法与感受，于是便无需再做解释。而如果他想耽于思考的话，那么谁都将无法阻止。他只是在婴儿床里躺着，料谁也猜不到他是否在做危险的事。有时，他幻想自己在审视自己；有时，他幻想自己介于两者之间；最妙的是，有时他只是在观看，既不代表哪个特定的人，也不在注视哪个特定的事物，然后，他便在观看中开始神游，像吹拂的微风，既不想亲吻谁的脸，也没有明确的去向。

此刻，弟弟很可能就在他睡过的小床上神游。大人无法理解什么是神游。而这恰恰是大人的问题：他们狼吞虎咽，准时就寝，逼着你学他们知道的，忘记他们已经忘记的；他们总想成为关注的焦点。罗伯特害怕睡觉。他怕遗落了什么：埋在海滩上的琥珀色珠子，又或者蚱蜢的翅膀；当他穿过干枯的草丛，它们便像火花般从他脚边窜起。

他很喜欢住在奶奶家。尽管一年才来一回，但他出生以后一直都没中断过。这房子现在归“超个人心理学基金会”所有。他不知道这是什么，别人貌似也不清楚，包括基金会的负责人谢默思·杜尔克。

“你奶奶是个了不起的女人，”他曾用暗淡却灵动的眼神注视着罗伯特，告诉他，“她帮助很多人学会了沟通。”

“跟谁沟通？”罗伯特问。

“跟另一个现实。”

有时，他并不追问大人是什么意思，因为怕大人说他笨；有时，是因为他知道大人都很笨。而这回是两者兼而有之。他琢磨过谢默思说的话，不明白怎么还存在别的现实。各人的想法或有不同，但现实涵盖了一切。他这么告诉母亲，母亲说：“宝贝，你真聪明。”但是，她并没有认真听他的理论；以前，她可不是这样的。现在，她总是忙个不停。大人们不理解的是，其实，他真的很想知道答案。

再说那梧桐树下，他弟弟已经开始哭闹。罗伯特希望有谁来制止他。他能感觉到，弟弟的婴儿期正在他记忆中像深水炸弹一样爆炸。托马斯的哭喊声让他想到了自身的无助：没长牙的牙龈在隐隐作痛，四肢在不自觉地抽搐，囟门还是软塌塌的，而且离发育的脑部也就一个拇指那么远。他感觉自己能记住东西，但却记不住名字，或者只能记住名字，却忘了整天目不暇接的东西。不过，有样东西他已经能隐约感觉到：乏味至极的童年过后他要面对的世界。曾几何时，他总是第一个冲出门玩雪的人；曾几何时，他甚至鼓起勇气，在卧室窗口凝望白雪茫茫的世界。那时候，他的心和寂静、晶莹的雪地是相通的，他在静候浆果掉落在雪地的那一刻。

他见过托马斯眼中流露的想法，那是他自己想都想不到的。这些想法如稍纵即逝的金字塔，在他经验的荒漠里一座座竖立起来。它们从何而来？有时，他像个流着鼻涕的幼兽，可过不了几秒钟，便又散发出古老而悠然的气息，一副与世无争的样子。罗伯特觉得，他并没有造作出这种种复杂的思想；同样，托马斯也没有。实际上，哪天托马斯开始向他诉说自己的故事，他就会获得这种自觉。可问题是，他还在襁褓中，注意力不能持久，还无法向自己诉说什么。罗伯特得替他完成这任务。不然，还要他这哥哥做什么？罗伯特已经陷入叙述的怪圈，所以，倒不如把弟弟也捎带上。毕竟，托马斯也在用自己的方式帮助他拼凑属于他个人的故事。

他听见玛格丽特在屋外大声嚷嚷。她在跟那些知了较劲，而且还逐渐占据了上风。

“要母乳喂养，你自己得先有健康的体格。”开头这句话倒还在理，“没吃过消化饼干吗？甜饼干呢？这些最好马上备齐。再来，午饭得好好吃，要有大量碳水化合物。别给孩子太多蔬菜，吃多了容易胀气。烤牛肉加约克布丁，吃一点对身体有好处，要搭配些烤土豆。下午茶时间可以吃一两块海绵蛋糕。”

“天哪，这我可弄不来。我只知道要吃烤鱼、烤蔬菜。”纤瘦、优雅的母亲面露疲态。

“有些蔬菜没问题。”玛格丽特嘟囔道，“但不能有洋葱、大蒜，任何辛辣的东西都不行。我认识一位母亲，我不在的时候竟然给孩子吃咖喱！那天我回来一看，孩子又哭又闹，全乱套了。‘救救我，玛格丽特！都怪妈妈，我的消化系统烧起来了！’就个人而言，我总说，‘来个肉，来两份蔬菜，但别为蔬菜过分操心。’”

罗伯特在T恤衫下面塞了个坐垫，学玛格丽特的样子，在屋里一摇一晃地走来走去。只要脑袋里装满了谁的话，他就非要把它说出来。他演得很投入，没发觉父亲已经走进房间。

“你在干吗？”父亲明知故问。

“在模仿玛格丽特。”

“好嘛——又来一位。走，快下去吃点心。”

“我已经饱了。”罗伯特边拍坐垫边回道，“爸爸，玛格丽特走了以后，我会给妈妈出馊主意，告诉她怎么照顾宝宝。而且，我不会收你一分钱。”

“好，出息了。”父亲伸手要把他拽起来。罗伯特哼哼唧唧，摇摇晃晃地挪着步，两人心底藏着这个笑话，彼此心照不宣，向楼下走去。

吃完点心，罗伯特赖着没跟大家一起去外面。他们就知道谈论弟弟，猜他在想什么。罗伯特往楼上走，他每走一步，想法就越坚定。可是，等到了楼梯拐弯处，他又三心二意起来。最后，他一屁股坐到地板上，从楼梯扶手间往下看，想知道父母有没有发觉他悲痛而伤心的离别。

客厅里，大块的夕阳斜照在地板上，又延伸到墙壁上。有一片光被镜子反射回来，分散开，在天花板上抖动着。托马斯很想评论几句。母亲知道他的心思，于是便把他抱到镜子前，给他看光线反射的地方。

父亲走进客厅，递给玛格丽特一杯鲜红的酒。

“哦，太谢谢了。”玛格丽特说，“我已经中暑，不能再喝醉了。坦白说，有你们操心这操心那，我更像是在度假，而不是工作。哦，看，宝宝在照镜子呢。”说着，她把泛着红晕的脸凑近了托马斯。

“你是在里面还是外面啊？这下分不清了吧？”

“我想，他知道自己在身体里，而不是依附在镜子上。”父亲说，“他还没读过拉康[1]的镜像阶段论。读过以后，真正的困惑才会开始。”

“哦，好吧，那就暂且依附在彼得兔[2]上。”玛格丽特喝了一大口红酒，咯咯地笑了起来。

“我倒真想跟你们一块出去，”父亲说，“可我有很多重要的信件得回复。”

“哦，爸爸有很重要的信件得回复。”玛格丽特这么说的时候，把酒气呼了托马斯一脸，“有玛格丽特和妈妈，你知足吧。”

她摇摇晃晃来到大门口。天花板上那块菱形的光消失了，然后又闪动起来。罗伯特的父母面面相觑，谁也没做声。

罗伯特心想，他们走到户外的瞬间，弟弟肯定会感受到四周的空旷。

他偷偷下到楼梯的半中间，往门口瞄了一眼。一束金光照

---

1 雅克·拉康（Jacques Lacan, 1901—1981），法国精神分析学家。他提出的镜像理论认为，婴儿在与外界接触的过程中会经历三个客体化的阶段，在此过程中会逐渐形成所谓的“自我”(Ego)。

2 彼得兔（Peter Rabbit），英国儿童作家比阿特丽克斯·波特（Beatrix Potter, 1866—1943）笔下著名的童话人物。

在松树的树梢上，还有橄榄林里那些骨白色的岩石。母亲还光着脚，走过草坪，坐在他们最爱的那棵胡椒树下。她盘起腿，略微抬高膝盖，把弟弟搁在她的裙摆中，就像吊床那样，一只手仍抱着他，另一只手轻抚着他的身体。四周垂下的树叶细小而明亮，在她脸上投下了斑驳的阴影。

罗伯特在外面迟疑地晃来晃去，不确定自己属于哪里。没有人叫他，于是他便拐进屋外的角落，好像他本就打算去第二个池塘看金鱼似的。一回头，他看见一根带着风火轮的棍子，那是玛格丽特在拉考斯特玩小型旋转木马时买来送给弟弟的。棍子的剩余部分被插在胡椒树附近的泥地里。轮子在风里转啊转，金色，粉色，蓝色，绿色。“这颜色，这动感，”玛格丽特买的时候说，“孩子们准喜欢。”棍子就插在弟弟的婴儿车的角上。罗伯特一把抢过棍子，开始绕着旋转木马跑，这样，那些轮子就能转起来。可是，就在他挥舞小棍的时候，小棍突然折断了。大伙儿都替弟弟难过，因为他还没机会玩这酷炫的风车，而风车就已经被弄坏了。父亲问了他很多问题，更确切地说，是用各种方式问了他同一个问题。他要罗伯特承认这是故意的，仿佛这样对他会有什么好处。你觉得这是不是嫉妒？大家都关心他，新玩具都给他，你是不是很生气？是不是？是不是？是不是？而他只说那是个意外，却并不想屈服。本来，这也的确是意外，可偏巧他恨他弟弟，可又不希望弟弟也恨他。想当初，一家三口天伦之乐，父母俩怎么就忘了呢？那时候，他们相亲相爱，谁也离不开谁。只要一个孩子有错吗？有他还不够吗？从前他们常坐在草坪上，也就是弟弟现在躺的地方，三个人互抛红球（他已经把球藏起来，托马斯想找也找不到）。不管接没接住球，大家都会哈哈大笑，玩得特别开心。他们怎么就忍心破坏这一切呢？

也许是他太老了。也许是小宝宝更可爱。婴儿见什么都好奇。就比如他玩过打水漂的那鱼塘，有一回，他看见母亲抱着弟弟来到池塘边，指着水里的鱼说："鱼。"罗伯特可不吃这一套。他不禁纳闷，弟弟怎么知道她指的是池塘、水、水草、水里倒映的云朵，还是水里游的鱼，如果他能看见这些的话。他怎么知道"鱼"是一样东西，而不是一种颜色，或者你做的某件事？想想看，有时这也许是要做的某件事。

人一旦掌握了语言，便以为世界就是能够描述的一切。但其实，它也是无法描述的一切。某种意义上，无法描述的事物反而更完美。自从做了哥哥以后，罗伯特就在想，如果他只听凭自己的思想来引导，那会是个什么样子。人一旦受困于语言，他就只能拿前人用过的几千个单词翻来覆去地炒冷饭。或许，这样偶尔也会翻出些新意，可那不是因为世界的生命得到了成功的转译，而是因为在这叫做思想的东西里诞生了新的生命。但这并不是说，在思想和语言混合以前，在人类关注的领域里，世界就不曾有过绚烂的爆发。

突然，他听见母亲在尖叫。

“你怎么带的孩子？”她嚷道。

罗伯特赶忙从露台的拐角往外跑，这时，父亲也冲出了前门。只见玛格丽特躺在草坪上，胸口抱着趴倒的托马斯。

“没事，亲爱的，没事。”玛格丽特说，“瞧，他都不哭了。你看，我摔了一跤，屁股先着的地。幸好我以前练过。我可能扭到了一根手指，可你没必要为我这傻大姐担心。只要孩子没伤着就行。”

“总算听你说了句人话。”母亲从没说过这么刻薄的话。她从玛格丽特怀里抱过托马斯，在他头上亲了又亲。她本来憋不住想发火，可亲着亲着心就软了。

“弟弟没事吧？”罗伯特问。

“应该没事。”母亲回道。

“我不想他被伤到。”罗伯特说。于是，他们一起往回走，只剩下玛格丽特躺在地上自言自语。

第二天早上，一家人都窝在父母的卧室里，躲着玛格丽特。下午，父亲得开车送玛格丽特去机场。

“我们该下去了。”母亲一边说，一边扣上了托马斯连裤衫上的揿钮，把他抱进怀里。

“不去。”父亲咆哮道，说完一头倒在床上。

“别跟个孩子似的。”

“你发现没有？有了孩子以后，自己也会变得孩子气。”

“我可没工夫孩子气。那是留给爸爸们的特权。”

“你要是有个能干的助手，就有工夫了。”

“得了吧。”说着，母亲把另一只手伸向父亲。

父亲轻轻握住她的手，可是没有动。

“真不知道哪个更难受，”他说，“是跟玛格丽特说话呢，还是听她说话。”

“听她说话。”罗伯特直言道，“所以她一走，我要不停地模仿她。”

“那就多谢了。”母亲说，“瞧，听了你这馊主意，连托马斯都笑了。”

“那不是笑，亲爱的，”罗伯特嘟囔道，“那是风在摧残他幼小的心灵。”

所有人都大笑起来，然后母亲说：“嘘，可别让她听见。”然而，一切都晚了，罗伯特已经决定好好表演一番。他左摇右晃，努力想往前走，结果却歪倒在母亲那一边。

“亲爱的，你想拿科学来骗我，门儿都没有，”他说，“我能看出来，他并不喜欢你给的配方奶粉，就算是从有机羊奶中提取的。我在沙特阿拉伯的时候——客户可是一位公主——我跟他们说，‘这配方奶粉没法用，我非得要牛栏牌[1]金装的。’于是，他们就跟我说，‘玛格丽特，您经验丰富，您说什么我们都信。’后来，他们就派私人飞机从英国给运了一些回来。”

“这些你都是怎么记住的？”母亲问，“太恐怖了。我跟她说过，我家没有私人飞机。”

“哦，他们图的可不是钱。”罗伯特骄傲地扬了扬头，继续道，“有一天，我说公主的拖鞋真好看。其实，我也就随便一说。没想到，很快在我房间就出现了同样的一双。后来还有王子的照相机。要知道，这其实还挺尴尬的。每次发生这种事，我都对自己说，‘玛格丽特，你再不能乱说话了。’”

罗伯特甩了甩手指，在父亲身边的床上坐下。他伤心地叹了一口气，继续说道。

“于是，这种事便时有发生。比如我说：‘哦，这披肩真

1　牛栏牌（Cow and Gate），英国知名婴幼儿食品品牌。

“忘本？”他问。

“就是亲近上帝。”她害羞地说。

“可你看着并不快乐。”他说。

“我想，我应该还没忘本。但你说得也对，我一直都没习惯物质层面的生活。”

“物质层面？”

“也就是地球。”她说。

“你想住到月球上去？”他问。

她莞尔一笑，摸摸罗伯特的脸蛋，说：“有一天你会明白的。”

现在，书桌上的照片已经换成尿垫，边上摞着一堆尿布，还有一碗清水。

他还爱着奶奶，即使奶奶不会把房子留给他们。她满脸皱纹，因为她努力行善，操劳过度，因为她整天为地球、宇宙、亿万苍生而忧虑，因为她很在意上帝对她下一步行动的看法。他知道父亲并不认同奶奶，瞧不起她所谓的善行。他总是跟罗伯特说，“无论如何”大家都必须爱奶奶。也因此，罗伯特知道父亲已经不再爱她。

“他会一辈子记得那个秋天吗？”罗伯特瞪着天花板问。

“当然不会。”父亲说，“人出生后几周，就把什么都忘了。”

“可我还记得。”罗伯特说。

“我们都得哄哄托马斯。”母亲说。她换了个话题，因为不想拆穿罗伯特的谎言。可是，他并没有撒谎。

“他不用人哄。”父亲说，“他又没受什么伤，他怎么知道不该在玛格丽特怀里乱动。被吓坏的是我们，因为我们知道那有多危险。”

“所以才更需要哄哄他啊，”母亲说，“因为他也知道我们不开心。”

“嗯，在这个层面的确是，”父亲表示赞同，“不过，一般来说，婴儿对什么都感觉很陌生。一切都是第一次发生——如果再次发生，那反倒奇怪了。”

罗伯特心想，婴儿可真奇妙。你怎么说他们都行，反正他们也不会答应。

“都十二点了。”父亲叹气道。

大家都很不情愿，然而，似乎越想着逃离，在床上就陷得越深。罗伯特想拖住他父母，哪怕一会儿都好。

“有时候，”他催眠似的模仿起玛格丽特的口吻，“闲在家几个星期，手会发痒。我真想再摸摸小宝宝的身体。”说着，他一把抓住托马斯的脚丫，发出吞噬的声音。

"轻点儿。"母亲说。

"他说得没错，"父亲说，"玛格丽特确实有这癖好。她需要孩子多过孩子需要她。婴儿还不懂事，而且有贪心，所以她就以此作为掩护。"

就这样，他们为玛格丽特又浪费了一个小时。所以，当发现她并没有在楼下等待的时候，大家都感觉被骗了。母亲走进厨房，他和父亲坐在沙发上，把托马斯围在中间。托马斯也没了声音，他正聚精会神地瞪着沙发后面墙上的那幅画。罗伯特把脑袋凑到托马斯边上，一抬头，发觉这角度根本看不到画，因为画前面有玻璃挡着。他记得当初自己也曾为此着过迷。每次看着玻璃反射的影像，他都会被后面的空间深深吸引。玻璃上的倒影是房子的玄关，一个具体而微的缩影。玄关外是几棵貌似更小的夹竹桃，树上的花在玻璃表面上变成了一个个粉红的光点。他出神地望着枝桠间倒映的天空，然后，思绪飘向了更远处真实的天空。所以说，他脑子里就像有两颗松果，总是针锋相对着。他在陪伴托马斯，更确切地说，托马斯在陪伴他，在那一小块光影里驶向无限。然后，他发现花不见了，一个新的影像填满了玄关。

"玛格丽特来了。"他说。

罗伯特看她挪动着庞大的身躯向他们走来。这时，父亲也转过身来。玛格丽特在几英尺开外的地方停下了脚步。

“没受伤吧。”她半问半答道。

“看样子还行。”父亲说。

“这不会影响我找工作吧？”

“找工作？”父亲问道。

“哦，我懂了。”玛格丽特自觉有些受伤，有些憋屈，但还是很要面子。

“咱们吃午饭吧？”父亲说。

“多谢，我不吃午饭。”玛格丽特说。

她转身走向楼梯，开始吃力地往上爬。

突然，罗伯特再也忍不住了。

“可怜的玛格丽特。”他说。

“可怜的玛格丽特。”父亲说，“没有她，咱们该怎么办？”

第三章

石桌上放着一瓶白葡萄酒，一只蚂蚁在渗着水珠的酒瓶上爬着。罗伯特看着蚂蚁渐渐消失在瓶身后面。突然，有水珠滑落下来，瓶身再次恢复了光洁。蚂蚁又出现了，身体在淡绿的玻璃下被放得很大。它猛烈地甩着腿，正在品尝一粒亮晶晶的白糖。那是朱莉娅无意间撒落的。午饭过后，当时她正在往咖啡里加糖。蝉鸣在四周此起彼伏，头顶的帆布凉棚有气无力地轻拍着。这两种声音，有时相当和谐，有时却不在一个节拍上。母亲正在陪托马斯午睡，露西正在看录像。罗伯特一直站在露西身后，尽管朱莉娅差不多是逼着他去跟露西玩的。

“多数人都在等待父母去世，他们一边感到伤心，一边在计划翻新旧的游泳池。”父亲对朱莉娅说，“而我既然要放弃游泳池，所以也就不会因此感到悲伤。”

“你就不能假装一下萨满，保住这地方？”朱莉娅说。

“可惜啊，世上很少有我这样的人，偏偏一点法力都没有。我知道，别人都找到了内心的萨满，可我却一直深陷在物质的世界。”

“那都是装出来的。”朱莉娅说，“我家附近的街角有个商店，名叫‘彩虹路’，那儿有鼓还有羽毛，我可以帮你买一套。”

“我已感到一股力量正涌向我的指尖。”父亲打着哈欠说，“原来，我也有一项天赋可以贡献给部落。没想到，我竟然也有神奇的超能力。”

“这就对了。”朱莉娅鼓励道，“很快，这地方就归你啦。”

“我连照顾家人都够呛，哪还有本事拯救世界。”

“带孩子会消磨掉人的意志。”说完，朱莉娅朝罗伯特苦笑一下，“他们会变得完整、美好，变成幸福的绊脚石，会控制酒量，然后自暴自弃，离婚，精神出问题。人心中抗拒堕落的那个部分，会转而保护他不受堕落的侵袭。但与此同时，他还是会堕落下去，消沉下去。”

“我不同意，”父亲说，“如果你只为自己奋斗，那是很消极、很可怜的。”

“但这些都是很宝贵的品质啊。”朱莉娅打岔道，“所以说，千万别对孩子太好——不然，在真实世界里他们会不堪一击。比如说，你想让孩子成为电视制片人，或者行政主管，那你就不能向他们灌输诚信、可靠那一套，因为没用。到最后，他们只能给别人做秘书。”

罗伯特决定去问问母亲，这到底是不是真的，或者只是朱莉娅的一派胡言。她每年都来跟女儿露西住一段时间；这个十分娇气的孩子比罗伯特大一岁。他知道母亲不怎么待见朱莉娅，因为她以前跟父亲谈过恋爱。朱莉娅总想炫耀自己有多聪明。“真正聪明的人只是把想说的说出来，”母亲曾经告诉他，“而朱莉娅却在想自己说得怎么样。”

朱莉娅总想让罗伯特跟露西在一起。昨天露西拼命要亲他，所以他很不想和她一起看录像。他怀疑，自己的门牙再也经不住那样的磕碰。父母坚持认为，就算不喜欢，跟同龄的孩子在一起总归是好的。不过，父亲真会因为一个女人也是四十二岁，就请她吃饭喝茶吗?

朱莉娅又在玩糖了。她用茶匙把糖舀进碗里，然后又舀出来，反复做了多次。

“自打跟理查德离婚以后，”她说，“我总这样一阵阵地犯晕。突然之间，感觉自己根本就不存在。”

“我有同感！”罗伯特很激动，因为总算聊到了他有所了解的话题。

“就你这年纪，”朱莉娅说，“这也太装了。你是才刚听见大人谈到这个，对吧？”

“不对，”罗伯特很委屈地说，“这是我自己体会到的。”

“你这是欺负小孩子嘛。”父亲对朱莉娅说，“罗伯特虽然年纪小，可一向有窥见恐怖的本事。而且，这并不影响他快乐地成长。”

“其实，真正发生的时候，”他纠正道，“还是会有影响。”

“啊，真正发生的时候。”父亲淡然一笑，表示同意。

“这下我懂了。”说着，朱莉娅把手搭在罗伯特的头上，“宝贝，欢迎你加入俱乐部。”

罗伯特可不想加入她的俱乐部。他只觉得浑身刺痛，他想把朱莉娅的手拿开，可又觉得这么做太粗鲁。

“我一直以为孩子要比我们简单。”说着，朱莉娅拿开了手，放到父亲的膀子上，“我们总是像破冰船一样，横冲直撞，追逐着下一个欲望的目标。”

“横冲直撞，追逐下一个欲望的目标。难道还有比这更简单的事吗？”父亲问。

“不横冲直撞。”

“那就是放弃咯——放弃也不简单啊。”

“只有一开始就有欲望，那才叫放弃。”朱莉娅说。

“孩子都是一开始就有很多欲望的，”父亲说，“但你说的也对，其实，说到底只有一种欲望：想要亲近所爱之人的欲望。”

“正常的孩子也想看《夺宝奇兵》。”朱莉娅说。

“现在，我们越来越容易分心，”父亲没理会她最后那句话，“越来越习惯于一种替代性文化，越来越容易为自己到底爱谁感到困惑。”

“是吗？”朱莉娅笑着说。“那很好啊。”

“一定程度上是很好。”父亲说。

罗伯特并不清楚他们在说什么，但朱莉娅似乎比先前要开心。“替代”肯定是很奇妙的东西。他正想问这是什么意思，突然就听有人在叫，那叫声带着亲切的爱尔兰口音。

“有人吗？有人吗？”

“见鬼，”父亲咕哝道，“老板来了。”

“帕特里克！”谢默思叫得挺亲热。只见他穿着印有棕榈树和彩虹的花衬衫，正向他们走来。“罗伯特。”他使劲摸着孩子的头发，一边跟他打招呼，“见到你很高兴。”他用力握住朱莉娅的手，一双真诚的蓝眼睛盯着她不放。他这么友好，谁还能说什么呢。

“哦，这地方真好，”他说，“真好。我们活动完以后经常来这里坐坐，大家有说有笑，要不就各自静修。这绝对是个能量点，气场特别强。没错，”他叹了口气，像在附和谁的意见似的，“我也在这里见人舍弃过很多东西。”

“说起‘舍弃过很多东西’，”父亲把原话还给了谢默思，就像是捏着一块别人用过的脏手帕，“那天我拉开床头柜的抽屉，发现里面全是‘定魂鼓’的宣传册，弄得我连护照都塞不进去。另外，我衣柜里还堆着几百本《萨满之道》[1]，弄得我鞋都拿不出来。”

“穿鞋之道，”谢默思朗声大笑道，“嘿，这名字倒也不错，如果那书是关于如何接通地气的话。”

“我想知道，这些组织生活的标志，”父亲用冷淡的口吻继续快速说道，“能否在我们来度假以前全部清掉？毕竟，我母亲也希望每年八月这房子能恢复原貌，能被当作私人住宅来用。”

“当然，当然。”谢默思说，“我向你道歉，帕特里克。这事得怪凯文和安妮特。他俩在回爱尔兰度假前，都经历了一

---

1 全名《萨满之道：力量与治疗指南》（*The Way of the Shaman: a Guide to Power and Healing*, 1980），人类学家、“核心萨满教”创始人迈克尔·哈纳（Michael Harner, 1929—2018）的代表作。

段激变的过程。显然，他们做事不够仔细，没能及时把房子整理好。”

“那你也回爱尔兰吗？”父亲问。

“不，我会待在村里，一直到八月底。”谢默思说，“飞马出版社邀我写本小书，介绍一下萨满的工作。”

“哦，是这样，”朱莉娅说，“那敢情好。对了，你本人是萨满吗？”

“我翻过堆在衣柜里的那本书，”父亲说，“所以很自然地想到了一些问题。你师父是个西伯利亚的巫医，你跟了他二十年，是吗？那里夏季很短，所以你都趁月圆之夜去采稀有的药草，是吗？你被当众活埋然后又复活了，是吗？你为了救活垂死的病人向神灵祈祷，可是却被篝火的浓烟熏得眼泪直流，是吗？你喝过以毒蝇伞为食的驯鹿的尿，还去其他世界诊治过疑难杂症，是吗？你在巴西进修过，用过亚马孙盆地的死藤水，是吗？”

“是这样，”谢默思说，“我受过爱尔兰国家卫生部的护理培训。”

“嗯，这应该足以代替那段被活埋的经历。”父亲说。

“我在一家养老院干过很多年，做过一些初级的工作，像是帮病人清理身上的大小便，给无法进食的老人喂饭。”

“别说了，”朱莉娅阻止道，“我们才刚吃完午饭。”

“这都是当时的真实情况。”谢默思说，“有时我在想，我干吗不上大学，不考资格证。可回头再看，我又十分感激在养老院的那些日子——它让我始终脚踏实地。后来，我发现了‘全息呼吸法’，于是就去加州跟斯坦·格罗夫[1]学习。在那儿，我认识了很多奇人。记得有个女的，穿着夕阳红的连衣裙，站起来当众宣告：‘我叫塔玛拉，来自织女星系，我来地球是为了救死扶伤、传授知识。’就在那一刻，我想到了爱尔兰家中的老人，我感谢他们让我始终脚踏实地。”

“那全息什么法……跟萨满教有关吗？”朱莉娅问。

“应该没什么关系。我信萨满教以前做的就是这个。不过，这些都是相通的。它帮助人和另一个层次、另一个维度的世界保持接触。而人一旦接触它，生命就可能发生激变。”

“可我不明白，这怎么会被当作慈善机构。来这儿的人都要先付费，是吗？”朱莉娅问。

“是的，得先付费，”谢默思说，“不过，收取的费用我们都用来设立奖学金，奖励凯文、安妮特这样学习萨满的学生。而且，他们已经开始从都柏林介绍来大批贫民区的孩子。

1　即斯坦尼斯拉夫·格罗夫（Stanislav Grof, 1931—　），捷克精神病学家，超个人心理学的奠基人之一，“全息呼吸法”的发明者。

我们让这些孩子免费听课，结果，他们也都发生了奇妙的转变。孩子们很爱迷幻乐和打鼓，有时还跑来跟我说：‘谢默思，太不可思议了，这就像不嗑药也能致幻。’然后，他们就把这消息带回贫民区，开始成立自己的萨满小组。”

“致幻还需要慈善组织？”父亲问，“这世界有各种问题，其中之一便是有一些人不想致幻，而这本身就像个堵不住的窟窿。再说，如果谁真想致幻，干吗不直接把药给他，干吗还要学打鼓？”

“瞧这大律师的派头。”谢默思很谦和地说。

“人有个爱好，我不反对。”父亲说，“我只是觉得，这些人应该在家舒舒服服地去探索。”

“只可惜，帕特里克，”谢默思说，“有些人的家并没那么舒服。”

“我知道这感觉。”父亲说，“对了，你觉得咱们到底能不能先清出一部分书、广告单、宣传册和小摆设？”

“当然，”谢默思说，“当然。”

说完，父亲和谢默思便起身走了。罗伯特这才发现在场的就剩下他和朱莉娅。

“我来帮你们。”罗伯特边说边跟着他们绕过了露台。父亲带头走进客厅，然后几乎是立刻停下了脚步。

“这些哗啦啦直响的传单，”他说，“这些宣传中心、学院、研修班、高级打鼓课的广告——放我们这儿也是浪费。其实，这整个布告牌，”说着，他把布告牌从墙上摘了下来，“也最好别放这儿，虽说这软木板还挺不错，花花绿绿的图钉也很好看。”

“没问题。”谢默思一把抱住了广告牌。

虽然父亲的言行已经极为克制，但罗伯特还是能感觉出他的愤怒与不屑。他也很想知道谢默思的感受，但这却让谢默思很不高兴。不过，最后他还是找到了一个可怕的答案：谢默思打心底可怜他父亲。谢默思自知胜券在握，所以完全能容忍一个被辜负的孩子的愤怒。他那令人厌恶的怜悯，让他可以远离帕特里克的怒火。而罗伯特却自觉夹在沙袋与拳头中间，感到害怕而无力，于是便在双方暗战的间歇悄悄溜出了大门。

大门外，房屋投下的影子已经延伸到露台边上的花坛，这让他无意中想到下午已经过去了一半。知了还在声嘶力竭地喊着。这时，他已经不用看就能看见，不用听就能听见，而且知道自己并没在思考什么。一向跳动不停的注意力也瞬间静止了。他使使劲，想测一下阻力有多大，可又没敢太用力，因为他知道那样自己很可能会像台球一样，又被打得七零八落。此刻的他心明眼亮，就像一亩方塘倒映着天上的云朵。

有趣的是，一想到池塘，那恍惚的状态便开始被打破。现在，他想去台阶最上面的池塘看看。那是个半圆的石塘，就在门前甬道的尽头，池里有金鱼躲在水面的倒影下。没错，他不想和父亲、谢默思一起在屋里转悠，他想往池塘里扔面包屑，看是否能引出那条狡猾的金鱼，像玩具风车一样的橘黄色金鱼。想到这里，他立刻跑进厨房，抓了一块隔夜的面包，直奔池塘而去。

父亲跟他说过，到了冬天，源头的水会从管子里涌出来，哗啦啦落到鱼塘里。等鱼塘满了以后，水又会流向下面的池塘，最后汇入河谷里弯弯曲曲的溪流。他盼着有一天能见到这情景。可是都八月了，池塘的水还只有一半。长满水藻的管子里流下浅绿的水滴。黄蜂和蜻蜓聚集在暖烘烘、脏兮兮的水面，时而落到睡莲的浮叶上喝一口比较干净的水。金鱼都隐身了，除非你用吃的引诱它们。最好的办法是拿两片不新鲜的面包互相摩擦，直到面包变成干燥的细屑。面包颗粒会沉入水底，面包屑则能像灰尘似的浮在水面。那条最漂亮的鱼，他很想看到的那条鱼，身上全是红白相间的花纹。其他都是浓淡不一的橘黄色，还有几条黑色的小鱼。这些将来肯定也会变成橘黄色，或者一个个死掉，因为池塘里就没见过大的黑鱼。

罗伯特把面包掰成两半，开始摩擦。只见细屑像雨滴般落到水面上，然后又逐渐荡开。可是，什么也没发生。

实际上，迄今为止，鱼群欢游的情景他只见过一回。打那以后，池塘里要不什么动静都没有，要不就只剩一条鱼在水下懒懒地吃着下沉的面包屑。

“鱼！鱼！鱼！喂！鱼！鱼！鱼！”

“你在叫你的强力动物吗？”突然，身后有人问他。

罗伯特顿时僵住了，他转过身，看见谢默思站在面前，满脸堆笑，身上的花衬衫在日头下亮得晃眼。

“鱼！鱼！鱼！”谢默思也喊了几声。

“我刚才在喂鱼。”罗伯特咕哝道。

“你感觉自己和鱼有缘分吗？”谢默思凑近了问他，“这叫强力动物，能保佑你一辈子。”

“我只是喜欢鱼。”罗伯特说，“我不用它们为我做什么。”

“好，就说鱼吧。它们给人带来深层的、事物表面之下的消息。”说着，他用手在空中比划了一下，“啊，这真是一片神奇的土地。”他一边说，一边闭着眼睛，向后甩动双臂，左右转动着脖子，“我个人的力点在那边的小树林里，靠近鸟池[1]的地方。你知道在哪儿吗？说起来，还是你奶奶最先指给我看的。她也觉得那个点很特别。我头回来这里，就在那个点上联通了不可思议的现实。”

罗伯特突然发现自己有多讨厌谢默思，但同时，他也明白这是命中注定的事。

谢默思窝起两只手放在嘴边，大喊道：“鱼！鱼！鱼！”

罗伯特真想杀了他。要是有车，他会开车从他身上碾过。要是有斧头，他会把他大卸八块。

这时，他听见大门的上半扇开了，稍过片刻，下面的纱门也吱的一声被推开。只见母亲抱着托马斯从门里走了出来。

“哦，是你啊。你好，谢默思。”母亲客气地招呼道，“孩子跟我正睡得半醒不醒，我心想鱼贩子干吗在窗口穷喊。”

“哦，我们刚才是在喊鱼。”谢默思说。

罗伯特见状赶紧跑到母亲身边。母亲和他在池塘边的矮墙上坐下，故意离谢默思站的地方远远的。她把托马斯侧身抱着，好让他看见池塘里的水。罗伯特真希望那条鱼别在此刻出现，要不然，谢默思准以为是他的法术显灵了。可怜的托马

1　鸟池（bird bath），设于花园或庭院中供鸟类饮食、沐浴和休憩的人造浅池。

斯，他也许永远都无缘见到鱼群欢游的画面，无缘见到那条红白相间的大鱼。谢默思即将夺走这里的池塘、树林、鸟池，还有整片的风景。实际上，仔细想想，托马斯一出生就已遭到祖母的打击。她根本不像个祖母；她更像童话故事里的继母，从小就喜欢咒骂孩子。她怎么能把鸟池告诉谢默思呢？罗伯特宠爱地拍拍弟弟的头。托马斯笑了，没心没肺咯咯地笑。他这才明白，原来弟弟并不了解这些让他抓狂的事情，而且也不用知道，除非自己主动告诉他。

第四章

乔希 · 帕克是罗伯特班上的一个男生。他擅自决定，他和罗伯特已经成为最好的朋友。别人（尤其是罗伯特）都不明白，两个人干吗总黏在一起。如果能跟乔希分开一段时间，他肯定能交到新朋友。可是，乔希总是在操场上跟着他，总是抄他的拼字测验，总是拉他去自己家吃点心。除了上学，乔希整天就知道看电视。他家的电视有 65 个频道，而自己家却只有三个免费台。乔希的父母很有钱，所以他常有些新奇的玩具，是别人听都没听说过的那种。去年生日他收到一辆货真价实的电动吉普，车上还装着 DVD 播放机和迷你电视哩。他开车在园子里横冲直撞，结果，把花都压扁了，爱犬阿尼也差点被碾死。最后，车冲进了树丛，他和罗伯特就坐在雨里看那迷你电视。他来罗伯特家的公寓，总是嫌玩具破旧，待着无聊。罗伯特想跟他玩游戏，可他又不会玩。他只会演电视上的角色，而且只能演大约三秒钟，然后就跌倒在地，大喊：“我死了！”

吉莉，乔希的母亲，前一天打电话来说，她和吉姆在圣特罗佩[1]租下了一座漂亮的房子，整个八月都能用。她欢迎罗伯特一家人哪天过来一起热闹热闹。父母说，他这个年纪应该多跟人相处，这对他有好处。然后又说，或许他们自己也该冒个险，因为乔希的父母他们也只见过一次，那还是在校运会上。当时乔希参加跑步比赛，吉姆和吉莉忙着给儿子拍录像，都没顾得上跟他们多聊。吉莉给他们看自己的摄像机，说她能把全程都变成慢镜头。但其实，这根本没必要，因为乔希反正都跑最后一名。

终于，他们上路了，可父亲却开始抱怨车胎不行。自从朱莉娅走了以后，他的脾气好像暴躁了很多。他无法相信，他们竟要花费宝贵的一天经受堵车和热浪，蜗行在通往这个“贻笑天下”的小镇的路上。

罗伯特坐在托马斯边上。弟弟还坐着旧的婴儿椅，可是方向反了，所以只好欣赏后座上满是污渍的椅套。他把一只玩具小狗放在托马斯腿上，慢慢从下往上推，一边学着狗叫。这下，托马斯可来了劲。罗伯特心想，这是怎么回事？他还没见过真的狗啊。可是别忘了，假如他只对以前见过的东西好奇，

1 圣特罗佩（Saint-Tropez），法国东南部海滨胜地，位于里维埃拉景区，距离尼斯约100公里。

那他岂不是仍然深陷在产房灯光的漩涡里。

终于，他们找到了那条街。罗伯特一眼就认出那三个斜体字“含羞草”。字很潦草，写在一块粗瓷砖上。一行人用手指敲打着带肋的混凝土，来到一个停车场。那里早已停满了吉姆的私家车：一辆黑色“路虎揽胜”，一辆红色“法拉利”，还有辆淡黄色的旧敞篷车，皮革坐垫已经开裂，镀铬的挡泥板也鼓了出来。父亲在一大棵仙人掌旁边找到个空位，然后把自家的“标致”车停了进去。再看那仙人掌，它正向四周伸出许多满是锯齿的舌头。

“一座新罗马风格的别墅，由高更的弟子装潢设计，弥漫着梅毒黄昏的气息。”父亲说，“还有什么可问的？”说完，他迅速切换到迷人的广播腔：“坐落于圣特罗佩最负盛名的高档住宅区，距离传说中的碧姬·芭铎[1]宠物公墓仅六小时车程——”

“老公。”母亲打断了他的表演。

有人轻轻地敲了一下车窗。

“吉姆！”父亲摇下车窗，热情地招呼道。

“我们正要去买些充气玩具，打算放游泳池里。”吉姆

1 碧姬·芭铎（Brigitte Bardot，1934— ），法国演员、歌手，风靡于上世纪五六十年代的性感女星。

说。他一直在拍他们抵达的画面，直到这时才肯放下摄像机。“罗伯特想一起去吗？”

罗伯特瞥了一眼瘫软在“路虎揽胜”后座的乔希。看得出来，他正在玩 Gameboy 游戏机。

“不了，谢谢。”他说，“等你们回来，我可以帮着搬东西。”

“瞧你把孩子培养得真好。”吉姆说，“这会儿，吉莉正在游泳池边上晒太阳。你们沿花园那条小路就能走到。”

于是，他们穿过一座刚粉刷过的柱廊——柱廊上胡乱地画了些太平洋风情的内容，然后又走过像海绵一样松软的草坪，最后来到游泳池边。只见水面上漂浮着各种充气玩具，长颈鹿、消防车、足球、赛车、汉堡、米老鼠、米妮、高飞狗，整个泳池被塞得满满当当。父亲斜靠在婴儿椅上，托马斯还没睡醒，母亲则像骡子似的，一边放着一个大包。吉莉正迷迷糊糊地躺在一张黄白相间的日光浴床上，左右是两个全身发亮的陌生人。他们都戴着随身听，头上都缠着手机的充电线。父亲走到吉莉面前，他的影子落在吉莉热烘烘的脸上，把她吓了一跳。

“嗨，你们来啦！”她取下箍在头上的耳机，“抱歉，我都没注意到。”

说着，她起身向客人问好，然后瞪着托马斯，踉跄地往回走了几步，把一只手摊开在胸口。

“哦，天哪，”她倒吸一口气，“这小宝宝真漂亮。对不起，罗伯特，”她伸手扶住他的肩膀，亮闪闪的长指甲都掐进肉里去了，“我不想挑拨你们兄弟俩的关系，可你弟弟实在太特别了。你也很特别，不是吗？”说着，她扑向了托马斯。“他会让你嫉妒死的，”吉莉警告孩子的母亲，“肯定会有很多女孩拜倒在他脚下。你看这眼睫毛！你还打算生吗？我要有这么个漂亮的孩子，起码得再生半打。是不是很贪心？可有什么办法，他太可爱了。哦，对了，我都还没给你介绍那两位，克里斯汀和罗杰。你看，都听入迷了，招呼都不打。喂，醒醒！”她作势要踢罗杰。“罗杰是吉姆的业务伙伴，”她解释道，“克里斯汀来自澳大利亚。她已经怀孕四个月了。”

说完，她摇醒了克里斯汀。

“哦，你好，”克里斯汀说，“他们已经到了？”

于是，吉莉将全家人都介绍了一遍。

“我刚才正在跟他们说你怀孕的事。”她向克里斯汀解释道。

“哦，这样啊。其实，我们自己倒没怎么当回事。”克里斯汀说，“我就觉得肚子有点胀，仅此而已，就像连着喝了四升‘依云’矿泉水。早上起来也不犯恶心。那天罗杰说：‘一月份你想去滑雪吗？反正我也要出差去瑞士。’我说：‘好啊，干吗不去？’要知道当时正好是我的预产期，我俩竟然都忘了！”

吉莉大笑一声，然后抬头翻了翻白眼。

“你看，这是不是没心没肺？”克里斯汀说，“但别说，怀孕还真的会搞坏脑子。”

“你看看他们，”吉莉指着罗伯特的父母，“都被你吓懵了——人家可是很有爱心的父母亲。”

“我们也是啊。”克里斯汀很不服气，“你知道我们是怎么对梅根的。梅根是我女儿，今年两岁。”她向客人解释道，“我们一直让罗杰母亲照管她。她最近都会发脾气了——孩子就是这样，一旦有了新的情绪，知道它有什么好处，就会不断利用它，直到出现更新的情绪。”

“真有意思，”罗伯特的父亲说，“所以你认为情绪和孩子的感觉无关 它们仅仅是考古挖掘中不同的地层。那孩子什么时候会发现快乐？”

“当你带他们去乐高乐园的时候。”克里斯汀说。

这时，罗杰晕晕乎乎地醒过来了，手里紧握着耳机。

“哦，你好。对不起，我接个电话。”

说着，他站起身，往草坪的方向走去。

“你带保姆来了吗？”吉莉问。

“我们没请保姆。”罗伯特的母亲说。

“你胆子真大。”吉莉说，“我要是没有约瑟芬，都不知道该怎么办。她跟我们才一星期，可已经是这个家的一分子。你有什么心事尽可以跟她说，她人可好了。”

“其实，我们还挺喜欢自己带孩子。”母亲说。

“约瑟芬！”吉莉喊道，“约瑟芬——！”

“告诉他们这是混合投资组合。”罗杰说，“暂时别透露更多细节。”

“约瑟芬！”吉莉又喊了一声，“真是个懒鬼，一天到晚就知道呆呆地看 *Hello!* 杂志、吃 Ben & Jerry's 冰淇淋[1]。你可能会说，这跟她的雇主有点像，哼哼，但我是花很多钱买的，而她可是拿报酬的。”

“我不管他们是怎么跟奈杰尔说的，”罗杰说，“反正不关他们的屁事。他们根本就不该过问。”

吉姆捧着一堆亮闪闪的东西回来了。只见他踩着草坪大步走来。胖乎乎的乔希跟在他身后，拖着两只脚，左右打晃。吉

1 *Hello!* 杂志，英国出版的名人八卦周刊。 Ben & Jerry's，美国知名冰淇淋与冻酸奶品牌。

姆取出一只脚泵，在泳池边的石板上摊开了又一只充气玩具的塑料皮。

“你都给他买了些什么? ”吉莉怒视着房子。

“这不，他非要蛋筒冰淇淋。”吉姆正在充一个草莓“可爱多”，“我还给他买了‘狮子王’。”

“还有机关枪。”乔希一本正经地补充道。

“税务局，”吉姆抬起下巴，向罗伯特的父亲指了指罗杰，“盯住他不放。吃午饭的时候，他可能会向你请教些法律问题。”

“我度假的时候不工作。”父亲说。

“你不度假的时候也没多少工作啊。”母亲说。

“哦哟，夫妻俩闹矛盾啦? ”地上的草莓“可爱多”已经充好，吉姆正在用摄像机录影。

“约瑟芬! ”吉莉大喊道。

“我在这儿。”一个脸上长雀斑的大个子女孩穿着卡其短裤从屋里走出来。她急冲冲走过草坪， T恤衫上“待命”两个大字也跟着上下颠动。

托马斯一醒来就哭。谁又能怪他呢? 入睡前他还在车上，跟可爱的家人在一起，而此刻却被一帮大叫大嚷、眼神黯淡的陌生人团团围住。一群鲜艳而神经质的怪兽，在弥漫着液氯消毒剂的空气中你推我搡，还有一只正在他脚边充气膨胀。这让罗伯特同样无法忍受。

“是哪个小伙子饿啦？”约瑟芬凑近托马斯。“哦，这孩子真好看，是吗？”她对罗伯特的母亲说，“看得出来，他有个老灵魂。”

“你把这两个孩子弄去看录像，”吉莉说，“否则这里一刻不得安宁。让加斯东拿瓶粉红葡萄酒来。你会爱上加斯东的。”她告诉罗伯特的母亲，“他是个天才，会做正宗的法国传统菜。我来了以后大概重了三英石[1]，才一个星期啊。不管了。反正下午海因里希会来救我们——他是私人健身教练，大块头德国猛男，他能让你得到正规又传统的训练。你应该一起参加，这对产后体型恢复有帮助。我可不是说你现在身材不行哦。”

“你是真的想看录像吗？”母亲问罗伯特。

“是啊，很想看。”他已经等不及要走。

“泳池里那么多充气玩具，”父亲很赞同，“你让他怎么游？”

“来吧！”约瑟芬向左右各伸出一只手。她以为乔希和罗

1 一英石（stone）等于14磅或6.35公斤。

伯特会牵住她的手，蹦蹦跳跳跟她一起走。

“没人想牵我的手吗？”约瑟芬吼了一声，突然假装大哭起来。

乔希伸出粗短的手，挽住了她，但罗伯特还是想一个人走。他跟在约瑟芬后面，被她卡其裤包裹的翘臀给迷住了。

“喏，这就是放录像的山洞。”她边说边发出恐怖的声音，“好！你们俩要看什么？记住，不许看打打杀杀的片子。”

“《辛巴达历险记》。”乔希喊道。

“又要看！唉呀！”约瑟芬说。罗伯特不禁同意她的看法。好片子他也喜欢看个五六遍，可一旦所有台词都背得滚瓜烂熟，每个镜头都像一抽屉同样的袜子，这时候，他便开始感到一丝勉强。乔希不一样。对于新片，他首先会有一种阴郁的贪婪，差不多要看过20遍以后，才会产生真正的激情。爱，一种不轻易表露的情绪，他留给了已经看过上百次的《辛巴达历险记》，而其中有太多次是他跟罗伯特一起看的。看录像是乔希的白日梦，罗伯特的白日梦则是一个人待着。可他又怎么躲得开放录像的山洞呢？谁都不会让一个孩子落单的。假如他现在跑了，他们会派很多人去找，找到后把他押回来，让他娱乐至死。也许他可以躺着想事情，任由乔希借来的想象在墙上闪动。刺耳的倒带声越来越慢，乔希已经埋坐在早饭时看录像留下的凹坑里，继续吃着扔在身边桌上的鲜橙色芝士泡芙。约瑟芬摁下播放键，关了灯，悄悄离开了房间。乔希不是那种会快进的粗人：片头关于盗版的警告，他看过的电影的预告片，他已经扔掉的玩具的宣传片，音像制品标准局的公告，这些虽然丑陋得像火车驶入乡野前途经的城郊，但他还是一样都不愿错过。他欣赏它们的好，给予它们应有的尊重。这都干扰不到罗伯特，因为此刻屏幕上倾泻的垃圾他太熟悉了，所以根本不会影响他要关注的东西。

他闭上眼，想让泳池的噩梦渐渐消散。已经和别人接触了几个小时，他现在必须把堆积的印象表达出来，无论以何种形式：模仿人物，琢磨事情，或者仅仅是放空自己。要不然，一旦印象积得太厚，他会有快要爆炸的感觉。

有时躺在床上，一个简单的词，像是“恐惧”或“无限”，会突然掀开房顶，把他吸入夜空，带往大小熊星座，然后再吸入只能感觉到死寂的黑暗里。在智识的太空舱分裂的过程中，他仍能感到边缘在燃烧，外壳在碎裂。而当太空舱解体时，他就是那飞迸的碎片；当碎片变成微粒时，他就是飞迸本身，非但不会减弱，反而会越来越强，像一种抗拒毁灭、以废物为食的能量。很快，整个空间将成为一堆以废物为燃料的灯芯草，人类的智识将再无容身之处，而他却还在感觉。

他将蹒跚走过走廊，来到父母的卧室，呛到快要窒息。他将想尽办法阻止事情发生，签什么合同都行，发什么誓都可以。可他知道这都没用，他知道自己已经目睹真相，已经无法改变。他只能暂时回避，躲在母亲怀里哭，让她重新把房顶盖上，说些好听的话给他听。

他不是不开心，而只是看到了什么，有时这比什么都更真实。他第一次看到是在奶奶中风的时候。罗伯特本不想抛弃她，可她已经说不出话来，所以好久他都在想象奶奶的感受。每个人都说你要忠诚，所以他一直没有走开。他久久地握着奶奶的手，奶奶也拽住他不放。他不喜欢这样，但却没有松手。看得出来，她很害怕。她的视力已经模糊不清。这倒也是一种解脱：她向来拙于人际交流，而现在也没人会跟她交流了。她的一部分已经消逝，也许是回到了源头，又或者，至少远离了她始终怀疑的物质层。他现在能接近的是剩下的那个她：她想知道，既然忍不住想要保守所有的秘密，那么，是否还需要这些秘密。疾病已经将她吹散，像一颗蒲公英的绒球。罗伯特曾经想过，自己是否也会落到这步田地，几粒种子守着一根败落的茎秆。

“这是我最喜欢的部分。”乔希看入迷了。海盗登上了辛巴达的航船。船上的鹦鹉盘旋在最凶狠的海盗面前。他晕头转向，站都站不稳，轻易就被辛巴达的人马给推下了船。于是，鹦鹉高兴地哇哇大叫。

“嗯。”罗伯特说，“嘿，我出去一下。”

乔希根本没睬他。罗伯特扫视了一遍走廊，发现约瑟芬不在。于是，他便原路返回，等走到花园门口，看见大人都已经不在泳池边上。他悄悄溜出门外，迅速绕到屋后。在这里，修剪整齐的草坪逐渐变为满地的松针，还有几个很大的垃圾桶。他往地下一坐，背靠着皱巴巴的松树皮，这里谁也看不到他。

他很纳闷，跟帕克家的人待上一天，究竟是谁在浪费时间。反正，一直以来，帕克家的人都是最会浪费时间的，而且通常还要用一部电影来证明这一点。托马斯出生才六十天，他浪费的时间最多，因为一天就等于他生命的六十分之一。父亲浪费的比例是最小的，因为他今年已经四十二岁。罗伯特很想算出每个人耗费的比例。可是，他记不住长串的数字，所以只好想象钟表里大小不一的齿轮。然后，他又想到了事实的相反面：托马斯的人生才刚开始，而父母却已经活了很多年；所以说，浪费一天不算什么，因为他的日子还长着呢。这样，一套新的齿轮便产生了——是红色而不是银色的——父亲转过一圈，托马斯才只跳过一格，“嘀嗒”，缓慢而庄严。另外，他还得考虑每个人痛苦的不同性质，获得的不同收益。可是，这会让他的机器变得极为复杂，所以他干脆判定大家的痛苦全部等同，没有谁从中收获任何东西，这样，一天的价值也就变成了零蛋。这么一想，他终于释怀了，于是就继续想象连接两组齿轮的连杆。这装置看着很像科教馆里的大型蒸汽机，唯一不同的是，它的一端会输出纸张，纸上会印有浪费的单位和数字。所以到头来，他在看数字的工夫，浪费的时间比谁都多。这结果让他很震惊，但同时也很欣慰。这时，他听见约瑟芬用可怕的声音在叫他。

他一动不动，犹豫了片刻。要知道，你越躲，他们就找得越起劲、越兴奋。他决定表现得随意些，慢悠悠绕过墙角，正好赶上约瑟芬再次叫他的名字。

“我在这儿。”他回道。

“你上哪儿去了？我到处找你。”

“你骗人，不然你早就找到我了。”他说。

“小鬼，别跟我耍滑头。”约瑟芬说，“你跟乔希打架啦？”

“没有。”他说，“谁会跟他打架？他是个孬种。”

“他才不是孬种，他是你最好的朋友。”约瑟芬说。

“他不是。”罗伯特说。

“你们一直在打架。”约瑟芬说。

“没有。”他再次否认。

“好吧，但无论如何，你不能就那么走了。”

“为什么？”

“因为我们都在担心你。”

“我爸妈外出，我也会担心，可这又拦不住他们。”他说，“而且也不该拦住他们。”

在这场辩论中，罗伯特绝对是赢家。以后如有急事，父亲也许会派他代表自己出庭。他正在想象自己戴上假发、能言善辩的样子，这时，约瑟芬在他面前蹲了下来，好奇地看着他的眼睛。

“你爸妈经常外出吗？”她问。

“不经常。”罗伯特说。实际上，他父母从没一起出门超过三小时。可是，他还没来得及把这告诉约瑟芬，就已经被她搂在怀里，脑袋蹭着她胸前的那两个字“待命”，虽然他不太懂这是什么意思。为了安慰他，约瑟芬不断抚摩他的背，结果把他的衬衫给扯了出来。所以，现在他只得把衬衫再塞进裤子。

“‘待命’是什么意思？”他终于喘过一口气，于是便问约瑟芬。

“这你别管。”她圆睁着眼睛说，“走！吃午饭去！”

约瑟芬拽住他往回走。这下，他没法再拒绝跟她牵手了，因为实际上他们现在已经是一对情侣。

一个男人穿着围裙，站在餐桌边。

“加斯东，我们都快被你宠坏了。”吉莉嗔怪道。“我光看一眼这些蛋挞，体重就能增加一英石。你应该上电视开节目。上电视，加斯东，会让你赚大钱[1]。太棒了！”

餐桌上堆满了粉红葡萄酒的酒瓶，两个已经倒空，另外还摆着各种奶油蛋挞：一个撒了火腿末，一个撒了洋葱末，一个上面放了番茄卷，一个上面放了倭瓜卷。

只有托马斯是安全的，因为他喝的是母乳。

“你把失踪人口抓回来啦。”吉莉说。她挥动着一只手，突然唱起歌来。“抓回来！带进来！鞭子举起来！”[2]

罗伯特尴尬得直起鸡皮疙瘩。吉莉还真豁得出去。

“这孩子经常一个人，是吗？”约瑟芬问母亲。

“对，只要他喜欢，他就习惯这样。”母亲说。约瑟芬是想说，与其这样，还不如把孩子送去孤儿院，可是，母亲并没听出她暗含的意思。

---

1 若无特别说明，仿宋字体部分原文为法语，下同。

2 出自美国西部题材连续剧《皮鞭》的同名主题曲《皮鞭》（Rawhide，1958）。

“我刚才还在跟你爸妈说，他们应该带你去看真正的圣诞老人。”吉莉一边说，一边把盘里的菜分给大家，“从盖特威克[1]出发，搭早班的‘协和式’客机，飞到拉普兰德，雪地车都在等着，嗖，二十分钟就能到达圣诞老人的山洞。他会送孩子一份礼物，然后你们就坐飞机回家，赶回来吃晚饭。那地方在北极圈以内，比起在哈罗德百货公司瞎逛，这更加真实。”

“听起来的确很有教育意义，”父亲说，“不过，这钱还是得先用来交学费啊。”

“我们要是不带上乔希，他会杀了我们。”吉姆说。

“这倒有可能。”父亲说。

乔希一边挥舞着拳头，一边发出猛烈的爆炸声。

“击破音障。”他吼道。

“你喜欢吃哪种蛋挞？”吉莉问罗伯特。

那些蛋挞看着都一样恶心。

罗伯特瞥了一眼母亲，只见她一肩红棕色的头发袅袅地垂向正在怀里吃奶的托马斯。他能感觉到这对母子是融合在一起的，就像潮湿的黏土。

“我也要吃奶。”他说。他本不想大声说出来，可却不小

1 即盖特威克机场（Gatwick Airport），位于伦敦地区的英国第二大国际机场。

心说漏了嘴。

吉姆、吉莉、罗杰、克里斯汀、约瑟芬、乔希顿时像驴叫一样哄堂大笑。罗杰一笑起来看着更凶狠。

“我这儿有母乳。”说着，吉莉醉醺醺地举起酒杯。

父母同情地朝他笑笑。

“你现在不能再喝稀的啦，小老头儿。”父亲说，“我已经习惯倚老卖老，可你还没到那岁数。你应该还在盼着长大。”

母亲让他坐到她的椅子边上，然后吻了吻他的额头。

“这很正常嘛。”约瑟芬安慰他父母。她知道，这对夫妻并不了解孩子。“只不过，他们通常没这么直接。”说完，她又咯咯地笑了。

罗伯特没理会身边的絮叨，而是一直盯着弟弟看。托马斯正在吸奶，嘴巴时而很忙，时而又很安静。罗伯特很向往这种状态，他想蜷缩在感官的中心，趁他还没了解那些不曾见过的事物——尼罗河的长度，月球的体积，波士顿倾茶事件发生时人们的衣着——趁他还没遭到成人世界的宣传轰炸，趁他还能估算自己的经验并与之对抗。他向往这种状态，但又不愿放弃自我意识，他想暗中见证那无人见证的东西。托马斯没有看着自己做事情，他只是埋头做事，什么也不想。这一点罗伯特做不到；这就像要同时翻筋斗和站立不动，是不可能的。他经常在想，虽然想到最后还是做不到，但感觉这也并非完全不可能，因为他想象的肌肉越来越紧绷，恰似一个人站在跳板边缘时的心情。现在，他能做的只有一件事：融入环绕着托马斯的氛围，接近托马斯和自己也曾居住过的地表，让他对观察的欲望随之消失。不过，眼下这还很难做到，因为吉莉又开始针对他了。

“罗伯特，你干吗不留下来？”她提议道，“明天让约瑟芬开车送你回去。与其回家嫉妒你那小弟弟，还不如跟乔希一起玩呐。”

罗伯特使劲掐了一把母亲的大腿。

加斯东总算回来了。他拿来一道甜点，中间堆着一团黏滑的蛋奶糊，四周淋满了焦糖，馋得吉莉魂都丢了。

“加斯东，你可把我们害惨了。”吉莉拍了拍他那打惯了鸡蛋、积习不改的手腕，哭诉道。

罗伯特凑到母亲身边。“求求你了，我们走吧。”他轻声说。

“吃完午饭就走。”母亲轻声回道。

“他是在求你吗？”吉莉皱皱鼻子说。

“是啊，你说这孩子。”

“我看，就让他在这儿过夜吧。”吉莉坚持说。

“我们会好好照顾他的。”约瑟芬像是把这当成了什么新鲜事。

“恐怕不行啊。我们还得去养老院看他奶奶。”母亲虽然这么说，可绝口不提那是三天以后的安排。

“真有意思，”克里斯汀说，“梅根好像还不懂什么叫嫉妒。”

“等着瞧吧，”罗伯特的父亲说，“她才刚学会生气。”

“是啊。”克里斯汀笑道，“可能是因为我没有真的承认自己已经怀孕。”

“这肯定有帮助。”父亲叹气道。罗伯特能看出来，父亲已经无聊透了。刚吃完午饭，他们就告别了帕克一家人，性急得就像消防队出任务。

车行驶在门前的甬道上。“饿死了。”罗伯特说。

一车人哄堂大笑。

“我不想批评你交朋友的事，”父亲说，“但你拿个录像带回来也好啊。”

“我没想跟他交朋友，”罗伯特争辩道，“是他硬要……黏着我。”

这时，他发现路边有家饭馆还在供应午餐：非常好吃的披萨、沙拉和橘汁。可怜的托马斯还是得吃奶。这是他唯一的食物，奶，奶，奶。

“我最爱伦敦买房那一段。”父亲说。接着，他便开始模仿吉莉的腔调，傻里傻气的。其实，那腔调并不怎么像吉莉，但态度的确有几分相似。“‘刚买的时候看着特别大，可是，等我们把客房、健身房、桑拿房、办公室、家庭影院都放进去以后，也就没剩多少地方了。’”

“房间里放什么？”父亲一脸惊讶地自问道，“房间里放房间。这是房间的房间，放房间的房间。下次回伦敦，像蝙蝠家族一样爬上衣架睡觉的时候，让我们由衷感谢我们离真正的文明不止差了几间卧室，而是少了一间房间的房间。”

“‘我跟吉姆说，’”父亲还在模仿吉莉，“‘希望我们能买下这房子，因为我喜欢这种生活方式——饭店、假日、购物——我不会放弃的。吉姆向我保证，两样都不成问题。’”

“最厉害的是这句，”父亲说——“‘他知道如果买不起，我会跟他离婚。’这女人真他妈绝了。她又长得不好看。”

“的确很奇葩。”母亲说，“但我感觉，克里斯汀和罗杰也不是省油的灯，只不过，他们比较低调。我说，我怀孕的时候会跟肚子里的孩子说话。克里斯汀居然说——”母亲尖着嗓子，模仿起澳大利亚口音——“‘等一下！生出来以后才叫孩子。我可不想跟胎儿说话。不然，罗杰会缠住我不放。’”

罗伯特想象着还在娘胎里的时候，母亲是怎么跟他说话的。他当然不知道母亲的那些絮叨有什么含义，但却非常肯定，他能感觉到母子间流淌着一股暖流，感觉到恐惧的减少、意图的张扬。现在，托马斯仍然熟悉那种感觉的交流，而他却只能得到一堆解释。托马斯仍然懂得那门无声的语言，而他却已近乎遗忘，因为心里那狂野的边地已经受到语言帝国的辖制。他站在山脊上，马上就要冲下山去，越跑越快，越长越高，掌握越来越多的词汇，得到越来越高深的解释，一路高歌猛进。然而，现在托马斯却叫他往回看，暂时按住手中的宝剑，也因此，他才发现失落的一切。现在，他迷恋于编造句子，差不多已经忘了那些野蛮的日子：曾几何时，思想就像颜料，都是泼溅在纸上的。如今再回首，往事历历在目：那些现在感觉很像“暂停期”的日子；第一次拉开窗帘，看见外面白雪茫茫，吸进一口气，暂停，然后再呼出来。他无法唤回全部的记忆，但也可能不会贸然下山，可能会坐下来看看风景。

“走，让我们离开这伤心地。”说着，父亲推开了手里的小咖啡杯。

“等等，我得先给他换下尿片。”母亲伸手拾起个鼓鼓的包，包上面全是天蓝色兔子的图案。

罗伯特低头看了一眼弟弟。只见他埋坐在椅子里，两眼盯着一幅帆船画。他不懂什么叫画，也不知道帆船是什么，他只是感觉像巨人似的被困在一个弱小的身体里。

第五章

养老院的过道很长，刷洗得也挺干净。一家人默默地走着，只有保姆的胶底鞋发出刺耳的嘎吱声，也因此听来似乎更加歇斯底里。他们经过一间公共休息室，房门敞开着，震耳欲聋的电视机掩盖了另一种沉默。老人们个个满脸皱纹，白得像纸一样，一排排坐着。等死的过程为何如此漫长？有些人更多是吓死的，有些人则是无聊死的。罗伯特还记得第一次来这里的情景，记得墙上那些鲜艳的几何图案，记得有个很大的黄色三角形，顶端很尖，好像就快刺穿他的胸腔，还有个红色的半圆形，棱角锋利，好像就快割断他的脖子。

今年他们第一次带托马斯来看祖母。她大概说不了几句话，而托马斯也一样。或许，正因为如此，两个人反而能相处融洽。

一家人走进房间，看见祖母坐在窗边的扶椅上。窗外，极近处是一棵白杨树，树干很粗，叶子有些泛黄。远处，柏树排列成一道青绿的篱笆，掩映着后方的停车场。祖母察觉到家人的到来，赶紧努力挤出一丝微笑。然而，她的眼神仍是冷漠的，困惑与痛苦挥之不去。她一张嘴，就露出几颗发黑的断齿。看样子，她已经没办法进食。也许，这就是她如此瘦弱的原因；他们上次来的时候，情况远没这么糟糕。

大家都亲吻了祖母的脸颊。她的脸很柔软，可汗毛非常多。然后母亲把托马斯抱到她跟前，说："这就是托马斯。"

祖母的表情有了波动：托马斯的出现让她既感亲切，又觉得陌生。罗伯特看见她的眼神，感觉她仿佛正在冲破阴霾，飞入一片晴空，然后，倏忽间重又躲到浓密的面纱之后，被混沌的云层所遮蔽。她不认识托马斯，托马斯也不认识她，可是，她总感觉两人之间有着某种关连。然而，这关连却不断在消逝，她必须拼命把它夺回来。有时她想说几句，可刚开始琢磨该说什么，就累得不行。她不记得跟屋里这些人是什么关系。坚韧顽强已经不管用；她越要抓住一个想法，那想法就溜得越快。

最后，很忐忑地，她握住了一样东西，然后抬头看着父亲说："他……喜欢……我吗？"

"喜欢。"母亲随即答道，就好像这是世界上最自然不过的问题。

“喜欢。”祖母重复道。说着，眼里那一潭绝望的死水再次淹没了整个脸。她本不想问这问题，可问题竟然脱口而出。然后，她又陷进了椅子里。

那天早上，罗伯特已经听说了祖母的情况，所以这问题很让他感到意外，更意外的是，这问题好像本来是要问他父亲的。但另一方面，母亲替父亲回答了祖母的问题，这又完全在他意料之中。

那天早上他在厨房里玩，母亲在楼上给托马斯打包。起先他不知道监护器还开着，直到后来，才听见托马斯睡醒干哭了几声，然后母亲走进他房间，跟他说了些安慰的话。罗伯特很纳闷，自己不在的时候，母亲对弟弟会不会更亲昵些。可是还没等想明白，就听监护器那头传来父亲的一声怒吼。

“真他妈不敢相信这封信。”

“什么信啊？”母亲问。

“那人渣谢默思·杜尔克想让我妈死之前把这房子捐出去。可我已经把房子拿去抵债了。我妈竟然在遗嘱里把欠债一笔勾销，还把房子转给了慈善机构，而且一经生效就不能撤销。可问题是，她这辈子借给慈善机构的钱，都已经抵得上这整座房子了。现在，只要她免除对方的债务，房子就能还给她。而她之所以这么做，是因为怕生病后缺钱用。我当然也希望她能清醒一点，要知道这个搞笑的慈善机构对我们是多大的伤害，而且对别人也没好处，除了他谢默思本人。都说爱尔兰人走狗屎运，你瞧这位，爱尔兰国家卫生部认证的护士，多年来一直在米斯郡替病人换便盆，直到我妈把他从‘翡翠岛’[1]空运出来，让他成为一大笔免税收入的单独受益人。而这笔收入其实来自一家‘新世纪’[2]主题酒店，虽然它对外一直伪装成慈善机构。这事太恶心了，恶心透了。”

父亲吼了起来。

“老公，别吼。”母亲说，“托马斯又恼了。”

“不吼怎么行。”父亲说，“我才刚看到这封信。她这做母亲的一向很糟糕，可我想都这把年纪了，总该消停消停了吧。缺德、昧良心的事她干过不少，是时候收手了。她该多陪陪孙子，把房子留给咱们，总之，做些该做的事。真正可怕的是，我发现我有多恨她。我读这封信的时候，很想把衬衫松开一点，要不然会憋死。可是，后来我发现衬衫已经够松了。那感觉就像脖子上套着个绳圈，绳子越收越紧，让人恶心得想吐。”

“她已经老糊涂了。”母亲说。

---

1 翡翠岛（the Emerald Island），爱尔兰岛的别名。

2 新世纪（New Age），1970年代流行于英国的一种神秘主义思潮，注重灵修与招魂仪式。

“我知道。”

“那今天还是得去看她吧。”

“我知道。”父亲说，声音微弱得几乎听不见，情绪也平静了很多，“最可恨的是这代代相传的流毒。想当年，我妈的继父把她母亲的财产全占了去，结果她一分钱没得到。后来，她办‘意识提升’辅导班，开‘个人成长’课，前后整整三十年。现在，她终于找到谢默思·杜尔克来顶替她的继父。实际上，谢默思只是听从她无意识命令的一样工具。这无聊的遗传真让人受不了。我宁可抹脖子自杀，也不愿把同样的东西传给下一代。”

“你不会的。”母亲回道。

“如果你能想象的话……”

父亲的声音越来越微弱，罗伯特只好凑到监护器跟前。可是没想到，那声音居然转到了他背后，而且越来越响——原来，父母亲正在下楼。

“……最后那个人会是我妈。”父亲说。

“李尔王和杰利比太太[1]。”母亲笑道。

“在荒野上，”父亲说，“孱弱的暴君和狂热的慈善家之

1 在莎剧《李尔王》中，老国王将权柄与领土授予两个女儿，最后反遭背叛，悔恨莫及。杰利比夫人，狄更斯小说《荒凉山庄》中的人物，热心于非洲的慈善事业，却置身边的家人于不顾。

间会开出一朵奇葩。”

罗伯特赶紧溜出厨房，他不想父母知道他在监护器上偷听他们的对话。整个早上，他都没去想这件事，可是，当祖母瞪着父亲，问“他喜欢我吗？”的时候，他感觉祖母指的是自己，所以不禁怀疑她也听到了同一段对话。

那天早上父亲说的话他没完全听懂，可尽管这样，起码让他感觉地上已经出现了裂缝。祖母本来也只是随便一问，但问题确实相当尖锐。大家都沉默着。在这沉默里，他体会到祖母心里有多么悲苦，母亲有多么希望家人和睦，父亲又在多么努力地克制自己。他想做点什么让一切都好起来。

祖母说了大约半小时，问托马斯有没有受洗。

“没有，”母亲说，“我们不打算让他正式受洗。关键是，我们不认为孩子有原罪。洗礼仪式的基本理念似乎认为，人都是堕落的，需要救赎。”

“是啊。”祖母说，“不对。”

托马斯在椅缝里又找到了那个银色的小哑铃，于是便摇了起来。他不停在头上抖动着，哑铃发出奇怪又刺耳的叮当声。很快，他就开始用哑铃砸自己的脑门。砸着砸着，他突然停下手，像是在思考刚才发生的事，然后就哭了起来。

“他搞不清楚，到底是自己砸到了自己还是哑铃砸到了他。”父亲说。

母亲是反对哑铃的，她吻了吻托马斯的额头，责怪道：“这淘气的哑铃。”

罗伯特也撞到了脑袋，而且还从祖母的床上重重地摔了下来。可是，托马斯并没他想象的那么开心。

祖母乞怜似的张开双臂，仿佛托马斯说出了她有同感但却不愿回首的往事。母亲抱起托马斯，把他轻轻放在祖母的大腿上。托马斯顿时迷上了这个新姿势，于是便停止哭闹，好奇地盯着祖母看。他的出现似乎让祖母安心了许多。托马斯坐在她大腿上，满足了她的需要，两人一同沉浸在彼此的默契中。为了不让两个“无语者”感到难堪，其他人也都不吱声了。罗伯特感觉父亲盘旋在祖母的头顶，强忍着不说出心里的话。最后还是祖母开了口。她说得不太流利，但比之前好多了，仿佛她的话已经放弃拥堵的渴望之路，在黑暗与沉默的掩护下潜逃了出来。

“要知道，”她说，“没办法交流……我也很……郁闷。”

母亲伸手摸摸她的膝盖。

“这感觉一定很糟。”父亲说。

“是啊。”祖母盯着远处的地板说。

罗伯特不知道该做什么。父亲恨他自己的母亲。他不能跟着一起恨，而父亲也不能责怪他。祖母的确给家人造成过伤害，可她自己也过得很惨。罗伯特只能想想过去，想想父亲绝望前的日子。那时候晴朗无云，爱祖母是很自然的事。他不确定是否真有过这样的日子，但敢肯定眼下绝非如此。虽然祖母把房子留给了谢默思，可是，一家人合伙对付胆战心惊的祖母，这就太说不过去了。

他猛地跳下床，坐到祖母椅子的扶手上，挽住她的手，就像她头回生病时那样。这一来，她不用说话就能跟孙子交流，她的想法会以图片的形式涌入他的脑海。

桥都烧毁了，祖母想说的话全堆积在河谷的一侧，不成样子，也动弹不了。她无时无刻不感受到压力，眼球后面的抓挠，像一只乞求进屋的狗，鼓胀到只能以眼泪、叹息和凌乱的手势来宣泄。

在感情的淤伤下，一种粗野的本能还活着，像一条被碾压过的蛇在滚烫的路面上剧烈地扭动，又或者，像盲目的树根将汁液注入流血的树根。

她为什么遭这么大的罪？他们拿链条锁住她的脚，把她塞进麻袋，缝上口子，扔到船舱底部，然后把船开到河湾里。她一定是犯了大错，要不然，怎么连划桨的船夫都取笑她。严重的错误，只是她不记得罢了。

他试图暂时中断，因为实在承受不了。他没有放开祖母的手，而只是设法关闭通道，然而，彻底断绝联系却是不可能的。

他发觉祖母在哭泣。她捏了一下他的手。

“我很……算了。”她说不出话来。一个缜密的想法散乱开来，撒得满地都是。她想捡都捡不起来。有个浑浊的东西一直附着在她身上。她的头被密封在一只很脏的塑料袋里；她想扯下来，可是手被绑住了。

“我……很，”她还是想说出来，“勇敢。对。”

暮光照在养老院的另一侧，屋子里变得越来越暗。所有人哑口无言，除了还不会说话的托马斯。罗伯特躺在祖母的怀里，冷冷地审视她。他的举动平衡着整个气氛。屋里几乎是平静的，他们坐在逐渐暗淡的光线里，心头升起一丝怜悯和一点点无趣。祖母陷入了更沉寂的痛苦中，就像一屁股坐到沙发椅的破弹簧上，眼看沙尘暴将世界蒙上了一层沉闷的灰色。

一名护士敲敲门，还没等屋里人答应就嘎吱一声打开门，推进一辆小车，车上放着食物，然后哗啦啦把一个餐盘扔到床边的活动餐桌上。母亲伸手把托马斯抱回怀里，父亲则帮助固定好餐桌，揭开主菜上的餐罩。溜滑的灰鱼，鲜嫩的杂拌菜，这些原本是让人垂涎的美食，可在祖母眼里，所有食物都一样讨厌，她宁愿饿死也不想吃一口。所以，她最后捏了一下罗伯特的手，切断了回路，不再让暴力画面涌入他的想象，然后才无奈地拿起餐叉。她谨慎地叉起一小片鱼肉，正要往嘴里送，可却突然停住不动，放下叉子，直直地瞪着他父亲看。

“我找……不到嘴。”她说得那么精准，就像是急诊室的医生。

父亲看着很沮丧，仿佛祖母找到了让他没法生气的诀窍；母亲则是立即捡起餐叉，微笑着，极其自然地对她说：“我能帮你吗，埃莉诺？”祖母一想到事已至此，肩膀就缩得更紧了。她点点头，于是母亲就开始喂饭给她吃，而另一只手还搂着托马斯。父亲顿时怔住了，等回过神来以后，他伸手把托马斯从母亲那里抱了过来。

祖母又吃了几口，然后摇摇头说“不吃了”，说完就往椅背上一靠，露出满脸的倦容。屋里再次陷入了沉默。就在这沉默中，父亲把托马斯递回给母亲，然后在祖母身边坐下。

“我在犹豫要不要提这件事。”说着，父亲从兜里掏出一封信来。

“我看你应该继续犹豫。”祖母立即回道。

“没办法，”父亲说，“我不能再犹豫了。”他转身面朝罗伯特的祖母。“律师事务所给我来信了，说你打算把整个圣纳泽尔捐赠给基金会。我只想说，我认为你这么做风险太大。往后，这地方你就住不起了。如果还需要更多的医疗照顾，那你马上就会破产。”

罗伯特原以为祖母的脸色不会变得更难看，可是哪想到，她竟然露出了惊恐的新表情。

“我是……真的……我是……真的……不。”

她双手捂着脸嘶喊着。

“我是真的反对……”她失声痛哭起来。

罗伯特的母亲一手抱住祖母，瞧都不瞧父亲一眼。父亲把信塞回兜里，一脸轻蔑地盯着自己的鞋子。

“没事。”母亲说，“帕特里克只是想帮你，他担心你捐得太多、太快。不过，基金会的事你爱怎么就怎么，没人会多说一个字。律师把这事告诉帕特里克，只是因为以前你请他帮过忙。”

“我……现在……需要休息。”祖母说。

“那我们走了。”母亲说。

“嗯。”

“抱歉，惹你生气了。”父亲叹了口气，“我只是不明白干吗这么急：你遗嘱里说过要把圣纳泽尔捐给基金会的。”

"咱们还是别谈这话题吧。"母亲说。

"行。"父亲表示同意。

祖母让他们轮流和她吻别。罗伯特是最后一个跟她说再见的。

"别……离开我。"祖母说。

"现在？"罗伯特疑惑地问。

"不是……别……不是。"她放弃了。

"我不会的。"他说。

谁也不敢谈论这次养老院之行，那似乎太冒险了。他们开车回家，路上谁也没说一句话。可是，很快父亲就憋不住了。他假装若无其事的样子，尽量避免谈到祖母的事情。

"医院这地方真可怕，"他说，"全都是可怜的糊涂虫，不求名不求利，以为生命的意义就是救死扶伤。不知道这些人怎么想的？真该送他们和帕克一家人去上几节自我激励的培训课。"

听到这里，母亲笑了。

"谢默思有本事开这样的课，用萨满教的教义作指导。"父亲忍不住调侃起来，"记住，虽然医院里也许有很多慈眉善目的圣人，可我还是宁愿给自己一枪，也不要像今天下午看到的那样，一步步被侵蚀掉自我。"

“我觉得埃莉诺做得挺好。”母亲说，“她说她很勇敢的时候，我特别感动。”

“你明明不该有情绪，但情绪偏就来了，真让人崩溃。”父亲说，“我母亲做人太不厚道，我生气全是她逼的，可是瞧她病成那样，又觉得实在可怜。她现在这么胡来，我当然又火大了。可她这么勇敢，我非但不能发火，还不得不佩服她。其实，我这人特别简单，老实说，我现在还是**他妈的很火大。**”他拍着方向盘怒吼道。

“李尔王是谁？”后座的罗伯特问。

“早上我们说的话你都听见啦？”母亲问。

“嗯。”

“啊，原来在偷听。”父亲说。

“不，我没有。”他辩解道，“是你忘了关监护器。”

“没错，”母亲说，“后来我给关了。老公，反正这已经不重要了，是吗？”她很亲昵地问，“你看，你都在扯着嗓子喊‘他妈的很火大’。”

“李尔王，”父亲说，“是莎剧里一个脾气暴躁的国王。他把财产全给了自己的女儿。可是，后来他需要照顾的时候，女儿戈纳瑞和里甘——或者说谢默思·杜尔克，我更习惯这么理解——非但不搭理他，而且还把他撵出了门。”

“那杰利比太太又是谁？”

“杰利比，她是个做好事上瘾的人。她很生气，写信揭发非洲孤儿的真相，可自己的孩子却掉进了客厅另一端的壁炉。”

“那奇葩呢？”

“奇葩的意思是说，如果你把这两个人物合在一起，就能创造出一个像埃莉诺这样的人。”

“哦，”罗伯特说，“听着还挺复杂的。”

“是啊。”父亲说，“现在，你奶奶想把钱全都捐给‘慈善机构’，这样，她就能在天堂买到一张前排票。可你也看到啦，其实她是买了一张去地狱的票。”

“教唆孙子跟奶奶作对，这不太好吧。”母亲说。

“那是她自找的，怨不得我。”

“感觉被背叛的那个人是你——她是你母亲。”

“她对我们所有人都撒了谎。”父亲说，“她一直跟我说，这个那个将来都留给罗伯特。可这些对家庭感情的小让步，还不是一个个被连根拔起，被吸进了基金会的黑洞。”

母亲沉默了片刻，说：“最起码，今年我妈没来一起住。”

“对，你说得对，”父亲说，“我们应该感恩戴德。”

等这和谐的时刻过去以后，气氛总算缓和了一点。车沿着巷道驶向宅子的门前。那天傍晚的落日很朴素，没有云朵变成的山峦、房间或楼梯，只有一种清亮、粉色的光环绕在山顶，还有一片月牙挂在暗淡的天空。车行驶在门前崎岖的甬道上，隆隆作响，罗伯特的心头突然涌起一点回家的感觉。不行，他必须摆脱这一丝依恋。奶奶怎么会惹出这么多麻烦？看来，在天堂抢个前排座代价挺高啊。他瞧瞧坐在婴儿椅上的托马斯，心想这小家伙会不会比别人都更接近“源头”呢；如果是，这究竟算不算一件好事。祖母急切地想要回归一个光明、忘我的境地，这让他也突然焦躁起来：不过，正好相反，他想活个明明白白，趁岁月还没把他摁倒在病床上，还没让他哑口无言。

2001年8月

第六章

如果是白天，山谷那边传来犬吠的回声，帕特里克会想到邻居养的那只大狼狗，它被困在院子里，出不去，只好沿着篱笆墙来回跑。可是，现在已经深更半夜，所以他想到了这地方的空旷，想到犬吠声如何在空中扩散。拥挤的房屋压缩了他的寂寞。他没个可以谈心的人，除了出国一年刚回来的朱莉娅。对，可以去找她，但想想又不行（又或者，可以试试看）。

和往常一样，今天他累得不想看书，可睡又睡不着。床头柜上的书已经堆成小山，似乎足以对应他所有的心情，但唯独缺少焦虑和绝望，而这恰好是他常有的情绪。《宇宙的琴弦》[1]让他神经紧绷。他不愿读什么空间的弯曲，因为在他的灼灼目光下，天花板已经发生了位移和变形。他不愿想象中微子在体内流动——因为他似乎已经相当脆弱。他读过一点卢梭的《忏悔录》，但最后还是不得不放弃。他的迫害妄想症已经相当严重，再加码他肯定无法承受。还有一本小说，假托是库克船长手下一名军官写的日记，记录了他们首航夏威夷的旅程。可是，书的内容太过详尽，结果，反而和实情严重不符。海军储粮委员会监制的饼干上印有各种细小的徽志，帕特里克一见这些就感觉压抑得不行。第二段记录是第一位叙述者的后代写的，他生活在21世纪的普利茅斯，目前正在火奴鲁鲁度假。他的记录和第一段叙述正好形成了戏谑式的对应。这可把帕特里克逼得快疯了。两部历史著作，一部记录了盐的历史，一部涵盖了公元前1500年迄今的世界史，它们总是轮番出现在书堆的最底下。

此外，和往常一样，玛丽已经去哄托马斯睡觉了，这让帕特里克既感到钦佩，又有些失落。玛丽是个尽心尽职的好母亲，因为她尝过没有一个好母亲的滋味。帕特里克也尝过那滋味；玛丽什么都要操心，他一度因此受益不少。有时他得提醒自己，你已经不再是个孩子，家里有真正的孩子，还没受到恐惧支配的孩子；有时，他得好好教育一下自己。尽管这样，他还是徒劳地等待着成熟起来，学会为人父母。整天被孩子包围，这反而让他越变越孩子气。他自觉像个害怕驶离港口的人，因为他知道在外表光鲜的游艇甲板下只有一台又小又脏的

---

1 《宇宙的琴弦》（The Elegant Universe，1999），介绍弦理论的经典科普读物，作者布莱恩·格林。

二冲程发动机：恐惧和匮乏，恐惧和匮乏。

那天下午，玛丽的母亲凯特尔来了。和往常一样，她一来就跟女儿找茬儿。

“一路上还好吗？”玛丽礼貌地问。

“糟透了。”凯特尔说，“坐我旁边那女人真要命，她自以为胸部大了不起，老是把奶子杵到她孩子脸上去。”

“这叫母乳喂养，妈。”玛丽说。

“谢谢你，乖女儿。”凯特尔说，“我知道现在时兴这个，不过，想当年我怀孩子那会儿，大家聊的都是怎么恢复身材。聪明女人走出去，要让别人看不出你怀过孕。只有傻女人才会随便把奶子露外面，起码你不能为了喂奶这么干。”

和往常一样，那瓶替马西泮[1]还在床头柜上放着。他肯定有替马西泮的问题，也就是说，这药还不太够劲。服药的副作用、健忘、脱水、宿醉、如噩梦般的戒毒过程，一切如期而至。缺席的始终是睡眠。为了逃避戒毒的痛苦，他不停地吞药片。他记得，很久以前有本小册子上说过，千万不能连续服用替马西泮超过三十天。可这三年来，他每晚都吃这种药，而且剂量越来越大。他宁愿遭受痛苦，因为痛苦让他感到“快

1 替马西泮（Temazepam），一种安定药，用于抗焦虑、镇静催眠。

活”，虽然这跟普通人说的“快活”正好意思相反。可是，他好像并没有工夫“快活”。要么正赶上孩子的生日，要么喝醉了还在出庭，要么就是有什么重要的事，不许他出现幻觉或者极度的焦虑。就比如明天，他母亲要过来吃午饭。双方父母同时光临：这种场合可不能再出现什么精神异常。

不过，他仍然很怀念把精神异常当作最佳消遣的那些日子。在牛津读大二那年，他整天看着花儿跳动、旋转。也正是那年夏天，在惊人的试验过程中，他认识了朱莉娅。朱莉娅有个呆头呆脑的哥哥，也念“三一学院”，跟他住同一层楼。当时，帕特里克正处于“蘑菇”[1]之旅的早期阶段，所以那人请他吃饭他赶忙就回绝了。可就在这时，透过半掩的房门，他发现屋里有个绝世美女，正抱膝坐在靠窗的座位上。于是他马上改口，答应陪他吃顿“便饭”。就这样，在此后的两个小时里，他一直花痴地盯着这个惊为天人的小美女，欣赏着她那粉红的双颊、幽蓝的眼睛。她上身穿一件紫红色 T 恤，胸部坚挺，下身穿一条褪色的蓝牛仔裤，后兜以下、右膝以上各有一道几寸长的磨口。他暗暗发誓，等朱莉娅长大了，一定要把她弄到手，可没想到，就在当天晚上，反倒是朱莉娅捷足先登，

---

1 即迷幻蘑菇（mushroom），一种毒品。

首先破坏了他那谨慎的计划。那天晚上，两人缠绵了一夜，像延时摄影，又像是慢镜头，而且这是不伦之恋（下周她才满16岁）。他们向上堕落，掉进兔子洞不见了，看着钟表逆时针转动，一见到警察就拼命溜。两人跑到希腊，他把迷幻药藏在他最喜欢的地方：两条腿中间。他以为事情会每况愈下，可结果，他们却体验到了绝妙的性爱与自由，就像一种早已失落的奇迹。再没有比这更加随性而亲密的感觉，尤其是每每想到现在的朱莉娅，生硬，无趣，话不投机。可是她还在，只跟他隔了几个房间，受了伤却依然美丽。他该不该去？该不该冒险？该不该让旧情复燃？身体交缠后，往日的激情还会回来吗？但这都是妄想。要想进朱莉娅的房间（那门蹭着地板，会发出响声），他得先经过罗伯特的房间，而罗伯特经常东张西望，整宿不睡觉。然后，他还得经过母老虎凯特尔的房间、玛丽的房间。尤其是玛丽，她哄孩子睡觉的时候，风吹草动全能听见，那模样就像盘旋在水面的蜻蜓。更何况，朱莉娅的房间很可能已经被她女儿露西占了。于是，和往常一样，他又开始犯难，不知如何是好。

一切如常。这让人感到非常压抑：你动弹不得，明明已经厌倦了旧我，却又抱住不放。白天，和孩子一起玩的时候，他是别人看到的样子，一个陪孩子玩耍的父亲；可一到晚上，他不是怅惘地怀念过去，就是在自责中忍受着痛苦。他的青春已经在“耐克”全掌气垫鞋中匆匆离去（只有凯特尔的青春仍然穿着带翼的凉鞋），剩下的唯有一圈烟尘和一堆假古董。他努力回忆真实的青春岁月，却每每只能想起那些泛滥的性事和自命不凡的感觉。可是，随着他越来越关注当下，这些也都已经被性的荒芜和壮志未酬所代替。恐惧和匮乏，恐惧和匮乏。也许，他该多加 20 毫克的替马西泮。只要晚饭时多喝些葡萄酒， 40 毫克有时能换来几小时的睡眠。不是他渴望的那种沉酣，而是伴着噩梦、盗汗与不安的浅睡。其实，假如睡眠能唤起那些梦境，他才不会如此向往：被绑在房间角落的椅子上，眼睁睁看着两个孩子遭受蹂躏，而自己只能斥骂蹂躏者，又或者求他赶紧住手。此外还有个清淡的版本，“淡味噩梦”，在梦里他仆倒在儿子面前，或者身中数弹，或者惨死于车轮之下。如果不是被这些恐怖的画面惊醒，他便能沉沉地睡去，连个梦都没有；只是几分钟后他会再次醒来，大口地喘气。为了睡得踏实一点，他付出了代价：每当呼吸暂停的时候，后脑的急救中心就会派出救护车，一路呼啸，赶到大脑额叶，把他从昏沉中摇醒。

他的梦本来就已经很糟糕，但这还不算，梦以后还时常伴有防御兼分析性的续集。他的朋友、儿童心理学家约翰尼说，这叫“清醒梦”，在此状态下，做梦人明白自己是在做梦。他要保护孩子免受什么东西的伤害？当然是他自己的受虐心理。有关“梦中梦”的研讨会总是得出这样非常合理的结论。

没错，他想方设法要阻止流毒代代相传，可是，却已感到力不从心。他决意不把自己的痛苦转嫁给孩子，但却无法保证他们免受其害。二十年前，帕特里克埋葬了自己的父亲，从此便把他抛在了脑后。戴维粗暴、冷血，爱挖苦人，没耐心，但这已经是他最仁慈的一面了。他总爱在最后一刻升高跨栏，看自己的儿子跌得头破血流。帕特里克当然不至于虐待自己的孩子，也不会提出离婚或者剥夺下一代的财产继承权；相反，他的孩子必须忍受这些所带来的后果，令人气愤难眠的后果。他知道罗伯特遗传了他的午夜焦虑，但又否认这种基因的存在。记得那时候，他总爱谈论自己的失眠，絮絮叨叨，而那正是罗伯特最爱模仿大人言行的时期。另外，他还发现罗伯特在态度上的变化：他对奶奶埃莉诺及其慈善的残忍行为，逐渐从同情和忠诚转变为憎恨与蔑视。这发现让他既感到欣慰，同时又有些愧疚，因欣慰而产生的愧疚。

所幸，今年他们不会再见到帕克一家人。乔希三个星期没来上学，已经懒得假装他和罗伯特是最好的朋友。那段时间，帕特里克和罗伯特都感到特别自在。有一天，他们在“荷兰公园”[1]碰到吉莉，得知她正在跟丈夫打离婚官司。

“钻石已经失去光芒。”她承认说，“但起码我保住了钻石。”她得意地吹嘘道。“罗杰进了监狱，够倒霉的。听说了吗？是开放式监狱，很高档的那种。可毕竟不是什么好事，对吧？罪名是诈骗和逃税。基本上，这种事大家都在做，可偏偏他运气不好，被逮住了。这可苦了克里斯汀，拖着两个孩子，再加上各种负担。她现在连保姆都请不起。我劝她说：‘离了吧，离了会轻松不少。’可我忘了，她离婚应该分不到多少财产。既然捞不到什么钱，那也就不会轻松多少。我这么说很难听，是吗？可你不得不现实一点。你瞧，医生让我吃这种药，害我一说就停不下来。你还是走吧，不然，我准会缠住你唠叨个没完。想想也真有意思，去年咱们还聚在一起，围着圣特罗普的游泳池有说有笑，可现在居然分道扬镳了。不过，好在咱们还有孩子，是吧？这才是最主要的。别忘了，乔希还是你最好的朋友哦。”吉莉眼看父子俩要走，便急忙喊了一嗓子。

去年，托马斯已经开始学说话。他最先说了一个“光”

1 荷兰公园（Holland Park），位于伦敦的肯星顿区，周围绿树成荫，街市繁华。

字，紧接着又说了个“不”字。于是，所有的气氛瞬间都蒸发了，并且，理所当然地被另一种东西所代替。你很难记得这是从哪里开始的，因为他说话不是为了讲故事，而更多是想看看沉默转变为语言的过程。惊喜逐渐被欲望所代替。比如说，他感到惊喜的已不再是观看本身，而是观看自己想要观看的东西。他能一眼瞥见几百码以外的一把扫帚，但却完全无视环卫工人身上穿的荧光服。门背后的吸尘器根本就藏不住，因为欲望已经赋予他 X 光一般的穿透力。只要他在家，你马上就得解下腰带，因为他会没收你的腰带，莫名其妙地拿去当游戏的道具。你看，他正一脸严肃地挥舞着腰带，发出机器般的轰鸣。一家人偶尔也出城，到了城外，父母总是忙着闻花香、看美景，罗伯特到处找能爬的树。托马斯则不同，他还没有跟大自然疏远，还不至于把这当作狂热的风潮。他只顾在草地上跑来跑去，寻找隐没在草丛里的一圈圈软管。

去年周岁生日派对上，托马斯生平第一次遭到了袭击，行凶的孩子名叫艾略特。当时客厅里一阵骚动，立刻引起了帕特里克的警觉。本来，托马斯牵着木头兔子，踉踉跄跄地走着，可突然冒出个小流氓，一把将他推倒，还抢了他手里的牵绳。托马斯顿时气得嚎啕大哭，眼泪一直飙，而那小流氓竟然拖着颠簸的木兔子扬长而去。

玛丽俯身将托马斯从地上抱起来。罗伯特跑上前，想看看弟弟有没有伤到，同时也想着把那兔子抢回来。

托马斯一坐到玛丽的腿上，很快就不哭了。他一副心事重重的样子，好像正在努力把受袭的全新经验纳入他的参照系。然后，他扭来扭去，从玛丽的大腿上爬下来，重又回到地上。

“这是谁家的熊孩子？”帕特里克问，“没见过这么丑的脸。看着就像打了类固醇似的。”

玛丽正要搭腔，这时，小流氓的妈妈走了过来。

“真对不起。”她说，“这孩子特别爱逞强，跟他爸一个样。可我，又不忍心打压他的斗志。”

“那就让刑罚制度来管教他吧。”帕特里克说。

“他应该跟我过招才对。”说着，罗伯特摆出了应战的架势。

“不就一件玩具嘛，何必挑起国际争端。”帕特里克说。

“艾略特，”小流氓的母亲捏着嗓子假惺惺地说，“快把兔子还给人家。”

“我不。”艾略特怒吼道。

“乖，听话。”母亲很为他那股拗劲感到欣慰。

其实，这时托马斯的注意力已经转移到了火钳上。他正从桶子里哧啦哧啦地往外拔火钳。艾略特坚信自己偷错了东西，于是赶紧丢下木兔，要去抢火钳。玛丽捡起木兔的牵绳，递给托马斯，而艾略特则站在桶边直打转，不知到底该抢哪个。托马斯把牵绳递给艾略特，艾略特没睬他，一边痛哭，一边蹒跚地走到母亲身边。

“你不想要火钳吗？”母亲哄着他说。

帕特里克希望能更细心地对待托马斯，而不是像对待罗伯特那样，把自己的焦虑和心事全都灌输给他。跨栏总是在最后一刻被抬高。现在他已筋疲力尽。跨栏总是被抬高……不用说……他会想……他是在追着自己的尾巴跑……狗在山谷那边狂吠……内外两个世界发生了对撞……他差不多要睡着了……也许还会做梦[1]……去他妈的。想到这儿，他便坐起身来，结束了思考。是啊，就连最光明的思虑也会带着阴影。就连约翰尼（毕竟是儿童心理学家）也指责他，说他不该让孩子误以为爸爸真的懂他们，比他们还先了解自己的感受，能读懂他们潜意识里的冲动。孩子有他的怜悯与悉心照料，就像生活在一览无余的监狱。他偷走了孩子的内心生活。或许，他应该毁了这个家庭，让孩子深陷一场惨痛的灾难，这才是对他们最大的恩惠。到最后，所有孩子都必须挣脱羁绊。既然这样，何不给他

1 “也许还会做梦”（perchance to dream），暗指莎剧《哈姆雷特》中王子的那段著名的独白。

们一堵结实的墙，让他们去踢去撞，何不竖起高高的木板，让他们去翻去爬。不行，现在他得休息一会儿。

过了午夜，他总会想起那位神奇的津布拉洛夫医生。他是保加利亚人，在这村里行医，他说英语很急促，而且口音还很重。“在我们的文化里，我们只有这个，”他一边说，一边在巨细靡遗的药方上签名，“药理学。假如我们生活在太平洋地区，也许可以跳舞，可现在，我们只能借助化学的方式进行操控。比如说，回保加利亚的时候，我就吃安非他命。我开车，开呀开，回去看看家里人，然后再开呀开，开回拉考斯特。”记得上次他要求多开一点替马西泮，还被医生批评，说他这人太扭捏。“但你确实该要一些。我自己出门也会随身带。管理部门要求单次处方不得超过 30 天，所以我会写‘早晚各一次’，这当然不是实情，可这样，你就不用经常跑来了。然后，我再给你开点思诺思[1]，这属于另外一类——是催眠的！再就是巴比妥类药。”他会心一笑补充道，一边提笔在处方笺上写了起来。

难怪帕特里克老觉得累，没法长时间照顾孩子。今天，托马斯疼了一天。又有新牙齿长出来，弄得牙龈刺痛，腮帮子又

---

1 思诺思（Stilnox），一种安眠药。

红又肿，可他还是到处转悠，想找点乐子。到了傍晚，帕特里克终于挤出点时间，把屋子快速巡视了一遍。首先是检查镜子背面墙上的插座。托马斯痴痴地望着它，好像预知父亲要来，一直说着“不，不，不，不，不”。他认真地摇摇头，在自己和插座之间堆起一个又一个“不”字。但欲望很快就冲毁了良知筑起的堤坝，他猛冲上前，把潮湿的手指伸进了插座。帕特里克见状一把抱住他的腿，将他拖到走廊上。可是，托马斯死活不肯就范，还抬腿往父亲的裤裆里狠踢了好几下。

“走，去看梯子咯。”帕特里克倒吸一口气，感觉非得给孩子看些类似电椅的危险物，否则心里会过意不去。托马斯能听懂什么叫椅子，所以马上就不闹了。他知道，锅炉间那把滴满油漆的铝梯会致人伤亡。帕特里克轻轻抱着他的腰，像猴子一样爬上梯子，险些把梯子弄倒。托马斯两脚一着地，就突然变成了醉汉，歪歪斜斜地朝锅炉奔去。帕特里克赶紧伸手拽住他，生怕他不小心掉进水槽。帕特里克已经筋疲力尽。他吃不消了。在照顾孩子这事上，他也算付出了心力。现在，他需要去度假。他抱着扭个不停的儿子，蹒跚地走回到客厅。

“你怎么样？”玛丽问。

“累死了。”帕特里克说。

“是啊，都一分半钟了，不累死才怪。”

托马斯撒腿奔向母亲，就在快到跟前的时候，他差点栽倒在地。玛丽怕他磕破头，急忙逮住他，让他站端正。

“没个保姆，我看你怎么应付。”朱莉娅说。

“有个保姆，我更不知道怎么应付。我一直想自己照顾两个孩子。”

“有些人做了母亲的确会这样。”朱莉娅说，“我得说我并没有，可话又说回来，我有露西那会儿毕竟太年轻。”

凯特尔来吃饭的时候，上穿一件青绿色丝绸夹克，下穿一条柠檬黄亚麻裤。她这么打扮是为表示自己同样受不了艳阳高照的南方。家里其他人都还穿着汗津津的衬衫、卡其裤，所以全都对她敬而远之；也因此，她便化身为一名自律甚严的孤独的殉道者。

一看见凯特尔进来，托马斯马上捂住了脸。

“哦，太可爱了。”凯特尔说，“他在干吗呢？”

“躲猫猫。”玛丽说。

托马斯猛地把手移开，张大嘴瞪着其他人。帕特里克踉跄地后退一步，假装被他的突然出现惊到了。这是托马斯的新游戏，可在帕特里克看来，它却是世界上最古老的。

“幸好他躲在大家都能看见的地方。”帕特里克说，“我就怕他非要躲到房间外面去。”

“他以为他看不见我们，我们就看不见他。”玛丽说。

“你别说，这点我特别有同感。”凯特尔说，“我很想别人也能像我一样看待事物。”

“可你知道，这是很一厢情愿的想法。”玛丽说。

“亲爱的，也不一定吧。”凯特尔说。

“自私自利的孩子，百般迁就的大人，不知道能不能这么说。”帕特里克又犯了假文酸醋的老毛病，“这孩子知道，我们看事情的角度跟他不一样，否则他就不会笑了。笑点全在于角度的转换。他捂住脸，希望我们切换到他的视角；他把手移开，希望我们再切换回自己的视角。受摆布的人恰恰是我们。”

“你看，帕特里克，你总爱把什么都搞得太深奥。”凯特尔埋怨道，“这不过是孩子玩的游戏。对了，说起躲猫猫，”她像从喝醉的司机手里抢过方向盘一样，“让我想起那年结婚前跟你爸去威尼斯。我们本想保密来着，因为那年代做这种事不便张扬。可是哪想到，一到机场就碰见了辛西娅和卢多。于是，我们决定跟托马斯一样，假装我们没看见他们，他们也就看不见我们。”

“那成功了吗？”帕特里克问。

“根本没用。他俩隔着整个机场，扯着嗓子喊我们的名字。我原以为，他们肯定知道我们不想被认出来，可我忘了，卢多根本没那么老练。所以，我们还是照例寒暄了一番。”

“不过，托马斯其实很想被发现，那可是他的重要时刻。”玛丽说。

“我没说情况完全相同啊。”凯特尔有些生气地说。

“什么叫‘寒暄’？”在去吃饭的路上，罗伯特问父亲。

“你外婆说的话都叫寒暄。”帕特里克倒是希望她能听见这回答。

朱莉娅没给玛丽好脸色看，但这也并没什么用；当然，她如果对玛丽态度好些，也一样没用。帕特里克对玛丽很忠诚，这点无须怀疑（或者也不尽然？）；值得怀疑的是，没有性生活，他还能憋多久？和欲火中烧的小年轻不同，他现在的渴望多少带着一点悲凉。这是对渴望的渴望，原初的渴望，对欲求的欲求。眼下的问题是，他能否保持勃起状态，而不是消除这玩意儿。与此同时，这渴望里必须孕育出某种简单性，必须坍缩为欲望的对象，这样才能掩盖其中的悲凉。这种渴望，其对象不是他能得到的事物，而是他永远都无法追回的东西。要是果真得到了朱莉娅，他能做什么？不用说，还是得为自己的体衰感到抱歉，为身不由己感到抱歉。他正在经历一场（亲爱的，干脆坦白算了，这对你有好处）中年危机，但似乎又不太像，因为中年危机这个词早就被用滥了，它就像语言的替马西泮，被用来催眠一段经验，而此刻他的经验仍然清醒着——都他妈凌晨三点半了。

他一样都无法接受：狭隘的视野，退化的官能。他不想买那种镜片又圆又厚的老花镜，虽然他的视力已经降到马古先生[1]的程度。他厌恶那似已侵入他的血液、搅混了一切的霉菌。有时，他仍然予人以犀利的印象，但那也只是假象。他说的话就像玩过一百次的七巧板，他只记得以前做过的事情。再也不会发生新的连接。一切都已成为过去。

走廊里传来托马斯的哭声。那声音像砂纸般摩擦着他的神经。他想去安慰一下托马斯。他想得到朱莉娅的安慰。他想通过安慰托马斯进而安慰玛丽。他想让每个人都好好的。他再也无法忍受，于是便掀开被子，在屋里踱起步来。

托马斯很快就不闹了，但他的哭声却在帕特里克的心里激荡起难以平息的波澜。他要去朱莉娅的房间。他要把有限的生命变成罂粟花盛开的原野。他缓缓推开门，尽量不让合页发出嘎吱声，然后握住把手，把门轻轻带上，以免咔哒一声让人听见。接着，他又松开锁舌，把它慢慢放回锁孔。走廊里明晃晃

1　马古先生（Mr. Magoo），卡通人物，高度近视却又极力否认的退休老人。

的，满是让孩子感觉亲切的光，亮堂得就像监狱的院子。帕特里克来到走廊上，蹑手蹑脚，一步接着一步，一直走到尽头。露西的房门半掩着。他想先确认她还在自己屋里。没错，她还在。太好了。于是，他便原路返回朱莉娅的房间。心在怦怦地跳，他感觉全身充满了活力。他探着身子凑到门前，竖起耳朵听屋里的动静。

接下来该做什么？他要是进了房间，朱莉娅会怎么办？打电话报警？把他拽到床上，轻声问："你怎么才来？"也许，凌晨四点吵醒她有点太残忍。也许，应该跟她约在隔天晚上再见。他站在六边形的地砖上，脚已经冰凉。

"爸爸。"

他转身看见罗伯特站在房门口，皱着眉，脸色发白。

"嗨。"他轻声回道。

"你在干吗？"

"问得好。"帕特里克说，"我啊，我听见你弟弟在哭……"这倒是实话，"想看看他怎么了。"

"那你干吗站在朱莉娅的门口？"

"我怕你弟弟又睡着了，不想吵醒他。"帕特里克解释道。罗伯特这么聪明，当然不会听他胡诌，不过，他毕竟是个小孩，有些事还不便对他直说。也许再过几年，帕特里克会递上一支雪茄，对他说："儿子，老爸现在的处境很尴尬，旅行的中途[1]，我需要一段速战速决的婚外情来振作一下精神。"而罗伯特则会拍拍他的背说："老爸，我完全理解。祝你好运，猎艳愉快。"可现在，罗伯特才六岁，绝不能把实情告诉他。

这时，托马斯突然放声痛哭，这倒正好帮帕特里克解了围。

"我得进去瞧瞧。"帕特里克说，"你妈真可怜，一晚上都没合眼。"

他无奈地冲罗伯特笑笑。"你快回屋去睡吧。"说着，他吻了吻儿子的额头。

罗伯特转身回到自己房间，心里仍是将信将疑。

托马斯的屋里堆满了东西，安全插头在地板上投射出一道浅橙色的光。帕特里克蹑手蹑脚地走到床边。每天晚上，玛丽把托马斯从他厌恶的婴儿床里抱出来，然后把大床上的毛绒玩具推到地上，让他躺在大床上。托马斯在床上辗转反侧，想找一个舒服的姿势。帕特里克躺在他边上，半个身子露在床沿外。在这沙丁鱼罐头里，他当然不可能睡着，但如果能放松心情，也许能稍作休息；如果能进入半睡半醒的状态，既享受到

1 原文为意大利语。

梦的惬意，又不为梦境所扰，那就更是求之不得。很快，他就会忘记有关朱莉娅的那件事。朱莉娅的哪件事？

长大以后，托马斯也许不会成为废物。你还能要求什么呢？

他犯起了迷糊，一阵又一阵，越来越昏沉。

忽然，他感觉脸上被谁猛踢了一脚。温暖而腥气的鲜血顿时蔓延了鼻腔与上颚。

“糟糕，”他说，“好像流鼻血了。”

“怎么搞的？”玛丽喃喃地说。

“我还是回自己房间吧。”他一边轻声说，一边滚下床。他已取代托马斯的那些棉绒保镖，奋力站起身来。膝盖很疼，很可能是关节炎。要不，搬进养老院跟母亲一块住算了。那应该挺舒服吧？

他用食指的关节压住鼻孔，没精打采地回到走廊。睡衣上有几个血点：权且当它是罂粟花盛开的原野吧。现在是凌晨五点，上床已经太晚，起床又嫌太早。他也不指望再睡了。倒不如下楼，喝一加仑健康的有机咖啡，填几张还款账单。

第七章

凯特尔戴着墨镜和大草帽，已经在石桌边坐着。她把作废的登机牌当成书签，夹进一本詹姆斯·波普–亨尼西[1]写的《玛丽女王传》里，然后把书放到餐盘旁边。

“两位居然在这儿见面了，”帕特里克边说边在调整母亲的轮椅，“就跟做梦似的。”

“跟……做梦……似的。”埃莉诺总结道。

“老姐姐，你还好吗？”凯特尔冷冷地问。

“很……”

埃莉诺费了半天劲才说出一个“好”字，且声调非常高，让人感觉颇不寻常，仿佛她原本想说“生气”或者“惨”，只是到了最后关头才突然转向。她咧嘴一笑，露出牙齿间的爆炸废墟。帕特里克求过她很多次，让她把牙补上，可她偏不听。再怎么说都没用：只要还剩一口气，她就会继续做慈善，就不会在自己身上乱花钱。她攒下这笔微薄的收入，是为了给谢默思买漂浮箱[2]。与此同时，她正在逐步剥夺自己的食欲。舌头蜷缩在褴褛的衣衫下，无望地探寻着一颗完整的牙齿。那里还有几处禁区，格外敏感，连食物都不得进入。

“我去厨房看看。”帕特里克感到很遗憾，又觉得义不容辞，于是便飞快地跑过草坪，像潜水太久的人急着想要浮出水面。

他知道，他要逃离的并不是母亲，而是每次想到她都会升起的那份厌倦与忿恨，一种毒性很强的情绪。然而，这又是一项长期的工作。“也许一辈子都不够。”他傻笑着温柔地告诫自己。光是应付接下来的几分钟，他就得尽量在自己和母亲之间拉开一段乏味的距离。那天早上在养老院，他发现母亲坐在门边，腿上放着一只包，看样子像是已经等了好几个钟头。她递给帕特里克一张纸条，纸条上的铅笔字很淡，大意是说，她想把圣纳泽尔马上转让给基金会，而不是等她过世以后。去年，帕特里克曾设法将这事延后，今年他还有办法吗？纸条上说她“需要闭关”，想让帕特里克帮忙，为她“祈福”。看来，谢默思的那套说辞果真对她影响至深。不用说，她早就安

1　詹姆斯·波普-亨尼西（James Pope-Hennessy，1916—1974），英国传记与旅游作家，著有《玛丽女王传》（1959）、《安东尼·特罗洛普》（1971）。

2　漂浮箱，也叫感觉剥夺箱（sensory deprivation tank），是一种遮光、隔音的水箱装置，可切断人体与外界刺激的接触，人在箱内的盐水中漂浮数小时后会出现幻觉。该设备常用于医疗与灵修。

排好了闭关的仪式，一种印第安人跳的迷幻舞蹈。它会从宏观到微观，从天父到地母，从象征到现实层面，从当下到永恒，彻底将帕特里克及其家人逐出圣纳泽尔，从而实现其自身的闭关。身处一场情绪激战的中心，有时，他发现自己是多么想要离开这鬼地方。有时，他真想彻底放弃，真想找个周末回圣纳泽尔学习打定魂鼓，让谢默思帮他放弃这儿时的家，将“转机”带入这混乱不堪的个人生活。

他走过露台，走进橄榄树林，想象自己面对一群新的男女萨满，向他们赞颂这么做是如何得宜，如何具有挑战性——“真是不可思议，为了在解脱过程中（感恩的叹息）寻求闭关而故地重游，这感觉实在太‘美妙’。我一度非常憎恨，对，我必须承认，非常讨厌谢默思这个人，讨厌这个基金会，讨厌自己的母亲。可现在，我的忿恨已经神奇地转化为感恩；我可以坦白地说（激动到有些哽咽），谢默思不仅是个优秀的老师、优秀的定魂鼓教练，而且也是我真心的朋友（听众开始鼓掌欢呼）。”

然而，他马上就自嘲地大喝一声，丢掉了这一点幻想。他席地而坐，背对着房子，靠在一棵分叉的老树上。从小到大，他一直都在这橄榄树下躲起来想事情。他必须不断提醒自己，谢默思并不是头脑简单的骗子，骗一个小老太太的钱。其实，他和埃莉诺都是一片好心，但却因为太过执着，反倒伤害了彼此。本来，他可以继续做善事，继续在纳文[1]——全爱尔兰就这地名正反拼写都一样——替病人换便盆。埃莉诺本来可以靠吃乐维他[2]过活，然后把剩下的收入捐给盲人、医疗研究机构，或者受虐待的不幸者。可是，他们没这么做。相反，两人联手打造了一座虚伪和背叛的丰碑。他们想一起拯救这个世界。他们想把一群愚不可及的选民变成无可救药的傻瓜，并以此提高其觉悟。谢默思的那一点善念正在被埃莉诺病态的慷慨所摧毁；埃莉诺的那一点善念正在被谢默思空洞的理想所侵蚀。

是什么把埃莉诺变成了这么个滥好人？帕特里克觉得，埃莉诺过度的慷慨源自她对母亲的厌恶。她说过这么一个故事，谈到母亲如何带她去参加生平第一个大派对。那是在“二战”才刚结束后的罗马。当时她才十五岁，刚从瑞士的寄宿学校回来度假。她母亲，一个美国富婆，一个标准的势利眼，先是和她那风流、浪荡而徒有虚名的父亲离了婚，然后又嫁给了一个矮小、暴躁、过分看重地位与家世的法国公爵，让·德瓦朗凯。那时候，在一个近于共产主义的共和国里，他的地位本来

1 纳文（Navan），意为“洞穴”，位于爱尔兰东北部，系米斯郡的首府。
2 乐维他（Ryvita），一种英国产的薄脆饼干，以黑麦为原料，常用作健身或医用代餐。

已经岌岌可危。但同时，妻子新近在实业中大捞了一笔，足以全力资助他，所以他越发坚持自己古老的血统。派对当晚，埃莉诺坐在母亲宽敞的伊斯帕诺-苏萨[1]车里。车停在一座被炸毁的楼房旁边，转过街角就能看见科隆纳[2]公主家的窗户；室内一片灯火辉煌。那天，她的继父病倒了，可是，就算躺在床上，他也不忘告诫妻子，一定要等迪迪诺公爵夫人先进门，因为两人地位有差别。根据这差别，她母亲理应晚一步到达。于是，母女俩便只好在车里等。而车前面，靠近驾驶座的位置，站着一个侍从，他不时被派去查看那地位较低的公爵夫人是否已经到达。埃莉诺毕竟是个害羞又天真的女孩，她更爱跟厨子而不是客人聊天。但即便如此，她还是很不耐烦，很好奇派对会是个什么样子。

“就不能直接进去吗？我们又不是意大利人。”

“你爸会杀了我的。”母亲说。

“他不敢。”埃莉诺说。

母亲气得一动不动。埃莉诺后悔说错了话，但同时又有点年轻人的小得意。她庆幸自己没有太过世故，庆幸自己说了实话。从牢笼般的玻璃车窗往外看，只见一个流浪汉身穿褐色的

---

1 伊斯帕诺-苏萨（Hispano-Suiza），知名的欧洲豪华轿车与航空发动机品牌。
2 科隆纳（Colonna），历史悠久的罗马贵族世家，权倾一时，名人辈出。

破衣服，正跌跌撞撞地向她们靠近。等那人走近，埃莉诺发现他的脸颊极其瘦削，眼神里充满了饥饿。他曳步走到车旁，敲敲车窗玻璃，恳求似的指指自己的嘴，举手作祈祷状，然后又指指自己的嘴。

埃莉诺抬头看看母亲，看见她正直视前方，等着那人主动道歉。

“我们得给他点钱。”埃莉诺说，“他快饿死了。”

“我也快饿死了。”母亲头也没转地回道，“要是这意大利女人再不出现，我都快要疯了。”

埃莉诺敲敲前后座之间的窗玻璃，很不耐烦地向那侍从挥挥手。

等她们最后进了房子，埃莉诺在派对上第一次感受到了慈善的冲动。她很反感母亲的那一套，加上眼界又高，于是便自我陶醉起来，以为自己真是什么跣足的圣人：她发愿毕生都要济世救人，只要这些人不和她沾亲带故就好。若干年后，母亲得了癌症，就在弥留之际，埃莉诺的继父硬逼她把大笔财产几乎全部转到自己名下。如此一来，埃莉诺在克己忘我的道路上也就越走越远了。继父很反感原先的遗嘱，因为母亲只答应他在其有生之年享用她的财产。继父认为，这对他是种侮辱，好像他真会跟女儿抢遗产似的。于是，他便打破先前对母亲的承诺，愤而将自己的财产转给了他的侄子。那时候，埃莉诺正痴迷于精神的探索，所以尽管被剥夺了全部遗产，却是茫然不知所措。但是，这份怨恨并未消除；埃莉诺精心保管着它，把它传给帕特里克，就像继父花母亲的钱买下的一件古董。母亲钟情于公爵，女儿埃莉诺更偏爱巫医。虽说两者地位悬殊，但骨子里却一脉相承：母女俩为了树立自己的形象（贵夫人或大善人），不惜剥夺子女的财产。埃莉诺将她经验里的各种不堪全都留给了下一代：离婚，背叛，厌母，剥夺子女的继承权。她自己只抱定了一个想法：要做救世的圣人，要开创新的“水瓶世纪”[1]，皈依原始基督教，复兴萨满信仰——这些年来，虽然说法千变万化，但她扮演的角色却始终如一：英勇，乐观，有远见，谦卑并以此为傲。这种心理上的隔绝，其结果是将自己的颓废与进取心同时冰封了起来。罗马派对的那天晚上，她跟一个亲戚借了些钱，然后冲出门外，找到那个快要饿死的流浪汉，她要救这个人的命。转过几个街角，她发现街市尚未从六年的战乱中迅速恢复，而她身后却已是一片歌舞升平。伫立在鼠群和瓦砾当中，她不禁自感有些突兀，那一袭天蓝色的舞袍，那紧攥在手心的大支票。这时，只见哪家门前突然闪过一

1 “水瓶世纪”（the Aquarian Age），占星学术语，时长约2150年，系由地球自转的岁差所导致。一般认为，“水瓶世纪”将于公元2600年开始，会对人类的文明与文化产生巨大的影响。

个人影，吓得她一哆嗦，赶紧溜回到母亲的车上。

五十五年过去了，埃莉诺还是没想出个切实的办法，来实现她行善济世的大愿。她仍在怀念那晚的派对，却还是无力缓解饥荒。当事与愿违的时候，这是常有的事，糟糕的体验并不会让一个热血青年有所感悟；相反，它们会被断然地抛到一边，堆积起来。埃莉诺身上隐秘的一面日渐变得怨愤而多疑，也因此，她才能始终以轻信与热切示人。早在谢默思出现以前，她就有过一长串的合伙人。埃莉诺对这些人深信不疑，把生命全托付给了他们，可是，每次在即将大功告成的最后一刻，她都会突然和合伙人断绝往来，从此连姓名都不再提起。她也从不透露这些人究竟做错了什么，究竟为什么被驱逐。埃莉诺竭力想让她的两个自我保持独立，然而，疾病却在将她们合为一体。帕特里克很好奇，这信任和拒绝的循环还会不会再度重现。因为一旦谢默思踏入幽暗的禁区，埃莉诺就随时可能解散基金会，就像当初设立时那么果断。也许谢默思会把这事延后一年，因为他还舍不得放弃这地方。

帕特里克记得曾经流连在这六座屋舍之间，祖母家的房间和花园，每一处都美轮美奂。他曾目睹万贯家财人缩水，只因母亲听信了继父的谎言，而且又拗不过他，结果她和妹妹南希都只得到了一笔相对微薄的遗产。在有些人眼里，她和妹妹算是非常富有，一个住伦敦，一个住纽约，房子都在城里的好地段，各自还有一座乡间别墅，而且，两人都不用上班，不用买菜做饭、洗衣种花。但反观家族的历史，这样的生活却已是相当寒酸。南希至今还住在纽约，她整天翻阅世界各大拍卖行的目录，只为过过眼瘾。上回帕特里克去看她——曼哈顿 69 号街，她端上茶以后，立刻拿出一份日内瓦佳士得的目录，油光发亮的黑色封面，刚寄到不久，内页有张照片，是两只铅质的花瓶，金黄的蜜蜂簇拥在鲜花怒放的银色枝头，几乎能听到嗡嗡的叫声。这原本是拿破仑的收藏。

“这要在过去根本就不值一提。”南希忿忿地说，“知道我在说什么吗？那时候，漂亮的东西太多了，就那么放在露台，任它日晒雨淋。记得我那小外甥，花了一百五十万只给他妈买了几只花园浴缸。话说，你会把这些家当留给子孙吗？”她边问边又拿来一套相册和目录，希望用失落的伤感与沉重抵消部分的售价。

于是，她不停向帕特里克大吐苦水，没完没了，一连说了两个钟头。

“那都是三十年前的事咯。”帕特里克时不时提醒她。

“可这小外甥每周都要偷几件他妈的家当出去卖。”她振振有词地反驳道。

欺人与自欺的戏码持续上演着，这让帕特里克极为郁闷。他只在托马斯第一次向他张开双臂、满脸天真的时候，感到过真正的快乐。那天早上，他把托马斯带到露台，东看看西看看，还到百叶窗后面找壁虎。托马斯一见百叶窗就想拽，所以帕特里克只好哗啦啦把窗户一扇扇打开。有时，壁虎会沿墙壁突然往百叶窗的护罩里钻。托马斯见了，总是嘟圆了嘴，露出惊恐的表情，用手指指上面。在这里，壁虎就像一根导火索，一个共享激动的时刻。帕特里克侧过头，直到视线跟儿子的齐平，这才发现了一些东西。“缬草……山茶……无花果。”他喃喃自语道。托马斯默不作声，然后猛地惊呼一声：“耙子！”帕特里克试图从儿子的视角想象这个世界，但却屡屡失败。很多时候，他甚至无法从自己的角度想象这个世界。他等待夜幕的降临，希望以此尽快认清真正的绝望，那深藏在陈腐、遥远、夹杂着点滴快乐的岁月背后的绝望。托马斯就像他的抗抑郁药，可是，一旦他开始腰疼，一旦陷入对早逝的恐惧，怕自己死得太早，孩子还无法自立，还无法面对丧父之痛，这时，那药就会很快失效。其实，早逝只是他的幻想；只有这样粗暴的方式，才能让孩子对他彻底失望。托马斯已然成为希望的象征，舍我其谁的象征。

谢天谢地，约翰尼这个月会来。帕特里克总感觉哪里不对劲，相信约翰尼定能给他指点迷津。要知道，人生病容易看出来，但健康就不好说了。

“帕特里克！”

大伙儿都在找他。他听见朱莉娅在叫自己的名字。也许，可以让她躲到橄榄树后面帮他口交，速战速决的那种，这样，吃午饭的时候他就能感觉轻松、平静一点。这主意真不错。昨晚在她门外站那么久，又丧气，又丢脸。他费劲地站起身。膝腿酸软。老了，快死了。癌症。从个人空间一头扎进他人的混沌中，又或者，从混沌的个人空间轻松自如地进入与他人的交接。他不知道究竟是朝哪个方向。

“朱莉娅。嘿，我在这儿呐。”

“他们派我来找你。”朱莉娅小心地走过橄榄林崎岖的地面，“你是在躲谁吗？”

“反正不是躲你。”帕特里克说，“来，过来坐会儿。”

朱莉娅挨着他坐下，两人背靠在分叉的树干上。

“这地方还挺舒服的。”她说。

“我从小就一直躲在这儿。奇怪了，地上竟然没一个坑洼的地方。”帕特里克说。他沉吟片刻，掂量着跟她说实话的风险。

“昨晚凌晨四点，我站在你房门口。”

“那你干吗不进来？”朱莉娅问。

“你会很想看到我吗？”

“当然。”说着，她斜过身子，在他嘴上轻轻一吻。

帕特里克顿时兴奋无比。他能想象自己假装还很年轻，在锋利的石块和落地的树枝里滚来滚去，蚊子叮咬着他裸露的肌肤，而他却满不在乎地置之一笑。

“你干吗不进来？”朱莉娅问。

“因为罗伯特。他看见我在走廊里很犹豫的样子。”

“下次最好别再犹豫了。”

“还会有下次吗？”

“这说的什么话？你孤单寂寞，我也孤单寂寞。”

“天哪，”帕特里克说，“咱们要是在一起，这屋里岂不是更孤单、更寂寞。”

“也可能电荷相反，彼此正好抵消。”

“那你的寂寞是正电荷还是负电荷？”

“正电荷。”朱莉娅回道，“我是真真正正地感到寂寞。”

“你说得有些道理。”帕特里克微微一笑，“我的寂寞就带了很多负电荷。咱们得做个实验，严格控制好条件，看能不能彻底消除孤单和寂寞。”

“现在，我得把你拽回去吃午饭，”朱莉娅说，“要不然，大伙儿会怀疑我跟你有什么关系呢。”

两个人开始接吻。舌吻。帕特里克已经忘了舌头。他感觉像年少时躲在树后，享受着深情的初吻。活着的感觉让人迷惘，甚至痛苦。他轻轻抚摸着朱莉娅的肚子，感觉指尖充盈着压抑的渴望，对亲昵的渴望。

“不行，”她说，“这会儿可不行。”

两人呻吟着站起身来。

“我出来找你的时候，谢默思才刚到。”朱莉娅一边说，一边掸着裙子上的灰尘，“他正在跟你岳母介绍平常这里的情况。”

“我岳母是什么反应？”

“我感觉她被谢默思迷住了，你跟玛丽见了肯定会恼火。”

“原来如此。我之前所以没想到，全怪你们把我脑子都搞乱了。”

两人一路向石桌那边走去，尽量不嘻嘻哈哈，也别看着太严肃。帕特里克感觉重又回到家人的眼皮底下，接受着显微镜般的审视。玛丽朝他微微一笑。托马斯向他张开了热情的双臂。而罗伯特却直视着他，锐利的目光像是已经明白了什么。

他一把抱起托马斯，冲玛丽笑笑，心想："有时男人就是只笑面虎。"然后，他在罗伯特身边坐下，感觉就像面对严厉的法官，强行替有罪的当事人辩护。这一切罗伯特全看在了眼里。帕特里克很佩服他的聪敏，但和托马斯不同的是，罗伯特非但不会让你忘却忧郁，相反，他让你更加体会到父母对孩子的摧残有多么根深蒂固——正如现在他对自己孩子的影响。即便他是个仁爱的慈父，即便他没有重蹈父母的覆辙，可是，在这件事上他始终保持着戒心，但这也造成了另一层的紧张关系，而罗伯特便是这紧张关系的受害者。他对待托马斯的态度则不同——轻松、随意，假如在并不轻松、随意的环境下真能感觉轻松、随意的话。事情就是这么令人绝望。他必须好好睡上一晚。于是，他给自己倒了一杯红酒。

"见到你真高兴，帕特里克。"谢默思边说边揉揉他的后背。

帕特里克恨不得转身给他一拳。

"谢默思一直在跟我说培训班的事。"凯特尔说，"这简直太了不起了。"

"你怎么不报个班试试？"帕特里克问，"要想见识这里的樱桃，你一定得报班。"

"啊，樱桃。"谢默思说，"这可是很特别的东西啊。我们总是围着樱桃树举行仪式——因为这是生命的果实。”

“听着像是很厉害啊。”帕特里克说，“如果这么想，那樱桃会不会比平常好吃些？”

“樱桃……”埃莉诺喃喃道，“对……不对……”她连忙用双手擦拭掉刚才的想法。

“她很喜欢樱桃。樱桃最好吃了，是吗？”谢默思一边说，一边关心地握着埃莉诺的手，“我上养老院看她，每回都要带一碗刚摘的樱桃去。”

“这房租不便宜啊。”说完，帕特里克将手中的红酒一饮而尽。

“不，”埃莉诺被这话吓得惊慌失措，“不是房租。”

帕特里克这才明白，他又惹恼了母亲。他甚至没法再说什么刻薄的话。每条路都被堵死了。于是，他又给自己斟了一杯酒。有朝一日，他肯定会改掉这习惯，但此刻，他还不愿就此罢手，实际上，他想忍都忍不住。可是，他到底是和谁过不去呢？他要是不这么折腾，母亲犯的错兴许还能补救。埃莉诺让他放弃继承权，态度毫不含糊，而他居然都遵照执行了。他想过在基金会里给自己留道暗门。他跟公证人、律师有过几次跨司法管辖区的会谈，讨论如何规避《拿破仑法典》所定义的强制继承，讨论创立慈善基金会的最优方案，讨论如何避税以及相关的会计程序。可是，他终究什么都没做；相反，他完善了原定的计划，使之变得更为周全、更为高效。眼下他只有一条出路，也就是母亲手里的那笔债款，可就连这她都打算一笔勾销。帕特里克一心想着怎么保护母亲。他本不指望母亲回心转意，可现在，当最后一丝希望即将破灭的时候，他才醒悟，原来自己一直在悄悄守着这份希望，并以此和真相保持着很近却致命的距离。圣纳泽尔眼看就要易主，而他却束手无策。埃莉诺是个不为子女着想的白痴，玛丽为了托马斯已经离他而去。现在，他只剩下一个可靠的朋友。想到这里，他不由悲从中来，又往杯子里倒了些红酒。照这样下去，他肯定会喝醉，然后把谢默思痛骂一顿，又或者什么都不会发生。到最后，做坏人甚至会比做好人还困难。这么一想，倒不如索性变成个神经病。可眼下，就连这条路都被堵死了。

毫无疑问，四周正在展开一幕场景，可他已经全神贯注，根本搞不清在发生什么。他贴着湿滑的井壁往上爬，会发现什么呢？除了凯特尔在称颂玛丽女工教子有方，或者谢默思在散发凯尔特人的领袖魅力。他俯视山谷，那回忆和联想扔下的铁手套。中间是莫德维家的农舍，丑得要死。前院里的两棵大洋槐还在。小时候，他常跟那傻小子马塞尔·莫德维一起玩。他们把山谷底下、溪流两旁淡绿的竹子做成飞镖，然后把飞镖向小鸟掷去。小鸟被吓得四散，几分钟后，就听竹子哗啦啦倒在了残枝上。帕特里克六岁那年，马塞尔请他去看他父亲怎么砍鸡头。马塞尔跟他说，鸡被砍下头以后会急得直打转，满地找头，那样子比什么都诡异，比什么都好笑。你一定得亲眼瞧瞧。男孩们在洋槐树荫里等待着。眼前是一段浅棕色的梧桐树树桩，树桩表面划了几道十字形的口子，一把短柄斧正好插在中间。这时，马塞尔开始跳起舞来，像手握战斧的印第安土著，作势砍向敌人的头颅。远处，鸡舍里传来惊恐的尖叫。不一会儿，马塞尔的父亲就提着一只鸡来到他们面前。那母鸡被他紧紧掐着脖子，一对翅膀正在他的大肚前徒劳地扑腾着。直到这时，帕特里克才开始同情起母鸡来。他希望它能逃脱，而它也深知自己的处境。马塞尔先生把鸡摁倒在地，让它侧过身，伸出脖子放到树桩上。只见他抡起斧头，鸡头当即落在了他的脚边。然后，他迅速将鸡身放到地上，用手轻轻一拍，那鸡立刻落荒而逃。马塞尔一看这情景，忍不住用手指着，又是喊又是笑。再看那母鸡的眼睛，正直愣愣地望着天，而帕特里克的眼睛则在瞪着它。

喝第四杯酒的时候，帕特里克开始想到维多利亚时代的闹剧。一幕幕幽暗的场景浮现在眼前，可他并未予以阻止。他看见谢默思肿胀的尸体漂浮在泰晤士河上。母亲的轮椅像是突然失控，正沿着海滨的小路冲向多塞特的某个悬崖。就在轮椅腾空而起、坠落悬崖的那一刻，他看到了那恢宏的背景，上面写着“国民信托”四个大字。有一天，他终将抛下这一切，诚诚恳恳地做人，跟上时代，接受现实。但此刻，他只想继续做梦，梦想自己伪造出一份以假乱真的遗嘱。与此同时，朱莉娅就坐在他的书桌旁，穿着让他神魂颠倒的内衣。这一刻，他只想再多喝一口美酒。

托马斯坐在玛丽的大腿上，突然把身子往前一纵。玛丽凭借一向完美的直觉，赶忙递给他一块饼干。于是，小家伙重又瘫倒在她怀里，得意地想，反正自己要什么有什么，而这样的事一天少说也要重复几百次。帕特里克原以为这是自己的嫉妒心在作祟，可后来发现并不是。他纵有再多隐藏的情绪，也绝不会跟年幼的儿子攀比。要做到这点，关键是要始终保持对母亲的那份恨，毫不懈怠，这样，他也就没工夫嫉妒自己的儿子了。这时，只见托马斯又往前纵了一下，嘴里还念叨着什么，一边伸手把饼干递给朱莉娅，让她咬一口。朱莉娅一看那湿哒哒、软塌塌的饼干，当即做了个鬼脸：“呃。谢谢，阿姨不吃。”

帕特里克顿时感觉，他没法跟这样的人谈情说爱，托马斯这么大方，但她居然完全不领情。可是，他真能做到吗？虽然确实很反感，可情欲却在蠢蠢欲动，就像一只砍了头的鸡。此刻，他已喝得神志恍惚，站在小山上，脚下是一片片自怜与失忆的沼泽。他明白，他必须好起来，不能再这么下去。有一天，他终将抛下这一切，但眼下他还没准备好，也无法控制准备的时间。但是，他可以为做准备而先做好准备。想到这里，他便瘫软在座椅上，暗暗下定决心：这个月剩下的时间，他要为准备康复先做好准备。

第八章

“你还好吗？”约翰尼点了一支廉价的雪茄。

火柴的光焰在月下黑白的背景里燃起一丝亮色。晚饭后，两人相邀出门散步、抽烟。帕特里克看看灰蒙蒙的草，又抬头望一眼皎洁的月亮，夜空里一颗星星都没有。他一时不知从何说起。头天晚上，他终于忘了“饼干”事件，然后半夜溜进朱莉娅的卧房，一直待到早上五点。他和朱莉娅仍在彼此猜疑，就像睡在一片迷雾当中；他的冲动与贪婪怎么都无法将雾驱散。他忙不迭地自问出轨是什么感觉，差不多忘了朱莉娅的感受。他想知道重新进入一个女人的身体意味着什么，因为除了四肢和皮肤那相对微弱的存在感，女人主要还是个怀旧的场所。总之，这绝不是什么“时光倒流”。原来做一只猪，埋头在臭不可闻的情绪食槽里，并不能获得非意愿记忆和联想性思维所产生的自发永恒性。他自己生命中那些坎坷的石子路，那些银汤匙、银门铃在哪里？假如被他意外发现了，浮桥会因此变成现实吗？浮桥有很独特的自主性，它们既不属于原作，也不属于复制品，既不属于过去，也不属于善变的此刻；它们属于某种强化了的当下，能够吞噬时间的线性。然而，这是说不通的。他感觉自己不仅被剥夺了普通的强化想象力，甚至无法沉浸于自己的感官世界，而这其实是更为普通的能力。他对性愉悦的体验缺乏独特性，但是，他并不会因此而自责。对当事人而言，所有性爱都是卖淫。商业意义上也许未必如此，但在更深的词源学意义上，他们的确都是某种替代品。有时真真假假，连续几周或者几个月，你都以为欲望对象就是床上那个人。然而，潜在的欲望模式并不会因此停止消散；它早晚会漂离它幻觉的家园。朱莉娅的情况之所以特别，在于她替代的是她自己：她二十年前就是个漂离前的情人。

“有时，雪茄只是一支雪茄。”约翰尼发觉，帕特里克并不想回答他的问题。

“什么意思？”帕特里克问。

“在你点烟之前——之后，它是种未经重建的口头语症状。”

“我如果没戒烟就不会要这支雪茄。”帕特里克说，“这一点我必须说清楚。”

“我完全理解。”约翰尼说。

“儿童心理学家都会碰到一个难题，”帕特里克说，“那就是，如果你问某人他好吗，他会告诉你。我不会说我感觉很好，我得告诉你真实的回答：我不好。”

“不好？”

“感觉很糟，烦乱，害怕。我的情绪好像已经彻底失语。这不仅是因为托马斯还没学会说话，而埃莉诺已经哑口无言。我由衷感到，我能控制的一切正在遭到包围，它是如此脆弱，而我不能控制的一切却是如此强大。这感觉非常原始，非常强烈，就像你生火，为了不让野兽靠近，可现在木头都烧完了。但还有更让人费解的事——那些野兽居然就是我自身的一部分。我必须消灭它们，不然它们就会消灭我。但是，我如果消灭它们，我自己也就完了。实际情况比这还要乱。它更像一幅猫打架的漫画：黑猫扭作一团，中间闪出一个又一个感叹号。”

“听起来，你好像很清楚发生了什么。”约翰尼说。

“这本该是好事，可因为我太想表明我一无所知，所以反倒变成了某种障碍。”

“这并不妨碍你告诉我混乱的实情。假如你努力想表明什么，那反而会成为障碍。”

“也许我确实想表明什么，这样，它就会呈现某种具体的形式，而不是现在这种虚无缥缈的心理状态。”

“它肯定是有某种具体形式的。”

“嗯……”

于是，帕特里克把具体形式都翻查了一遍：失眠，酗酒，暴饮暴食，渴望独处又害怕孤单，更别提（也许应该提？他已感受到约翰尼强大的磁场，要求他必须坦白）昨晚的出轨事件。

他记得，仅仅几小时前，他已将此定性为个人的过错，并开始想象要跟朱莉娅进行一次成熟的对话。可现在，因为酒劲又上来了，他越来越相信自己并没有错，错的也只是态度不够端正。他必须做得更好。他也想要做得更好。

“我必须做得更好。”帕特里克说。

“什么做得更好？”

“呃，什么都要做得更好。”帕特里克很含糊地说。

他当然不会把实情告诉约翰尼，然后任由对方用病理学的眼光审视他炽盛的嗜欲，或者，甚至将他当作治疗的病例。可再一想，如果对约翰尼都不能开诚布公，那两人的友谊还有什么意义？他们有三十年的老交情。约翰尼的父母认识他的父母。两人十分了解彼此。如果他有自杀的念头，他会先征求约翰尼的意见。也许他可以换个话题，别再针对个人的心理健康问题；也许可以谈谈两人最感兴趣的一个话题：谈谈岁月是如何碾压了他们这一代人。说到这个，最方便的就是从“莫斯科大撤退”谈起，因为他俩都还清楚记得，当年拿破仑军队的那些散兵游勇满身血污、光着脚，蹒跚走过遍地冻死的战马和垂危的战士。出于职业的好奇，约翰尼最近参加了一次同学聚餐。回来后，他把情况全告诉了帕特里克。当年球队首发出场的队长，现在已经嗜毒成瘾。那一届最聪明的学生，如今混迹于公家单位，完全埋没了他的才华。加雷斯·威廉姆斯没来参加聚餐，因为他住进了精神病院。而他们当中最“有出息”的同龄人，现在是一家商业银行的行长，但约翰尼却说，这人“根本就通不过测谎检查”。约翰尼很重视这项检查，因为在他眼里，这可以断定此人到底是不是一个人渣。

“知道你这么痛苦，我心里也不好受。”约翰尼当即回道。帕特里克都还没来得及把话题转到安全地带，谈谈他们共同的迷惘、背叛与失落。

“我昨晚跟朱莉娅上床了。”帕特里克说。

“这有没有让你感觉好一点？”

“我也在想，我到底有没有感觉好一点。也许是稍微有点过于理智了。”

“这正是你所谓的‘必须做得更好’。”

“对。我不知道要不要告诉你。我想，如果咱们把状况搞清楚了，那我也许就得停止。”

“你已经搞清楚了。”

“只能说一种程度上吧。我很清楚，托马斯正在让我重温自己的婴儿期，这一点和罗伯特截然不同。也许是因为那件老道具——一位需要被呵护的母亲——太过显眼，所以才会赋予这场复兴这么大的真实性。不管怎样，每到夜里，当祖先的阴影笼罩着心头，我就越发想和朱莉娅在一起。我独处时会感到一片原始的混沌，而她则会带给我相对无害的青春之殇。”

“原始的混沌，青春之殇——听起来像是充满了寓意。有时，女人就只是女人。”

“在你还没点燃她以前？”

“不，不，你说的这是雪茄。”约翰尼说。

“老实说，这问题很不好回答。就在你以为搞清楚的时候……”

帕特里克听见一只蚊子在右耳边嗡嗡叫。他扭头朝蚊子的方向吐了一口烟，嗡嗡声消失了。

“我当然也想要真实、可感、切近的体验——尤其在性爱方面，”帕特里克继续道，“可是，正如你指出的，我把寓言当成了避难所。在这个世界里，每件事物似乎都代表了一种很有名的综合征或冲突。记得我跟医生抱怨，嫌他给我开的利巴韦林[1]副作用太大。‘哦，是啊，这很常见。’他说得特别平静，若无其事的样子。而当我告诉他没见过的副作用，他都一概否认，直说‘这我没听说过’。我感觉我现在正在努力向他学习，学着怎么专注于现象，从而对经验产生免疫。我总在想‘这很常见’，但其实，自己的感觉正好相反。我知道这很不寻常，也不是什么好兆头，而且已经失控。”

帕特里克感觉被叮了一口。“他妈的蚊子。”说着，他用力拍了拍脖颈，“竟然想生吃了我。”

“没听说过还有这等事。”约翰尼表示怀疑。

“哦，这很常见。”帕特里克坦言道，“在巴布亚新几内亚的高地人当中司空见惯。现在唯一的问题是，他们让不让你生吃掉自己。”

约翰尼没吱声，不想接过话茬。

“听着，”帕特里克凑近约翰尼，并且加快了语速，“我丝毫不怀疑，我目前所经历的一切都和我的婴儿期有着某种对应关系。我敢肯定，我的午夜焦虑就像我从婴儿车摔到地上。当时，为了我好，为了不让我变得太娇气，父母总是当做看不

---

1 利巴韦林（Ribavirin），一种广谱强效的抗病毒药物。

见。你也知道，我妈这人并不坏，她是好心办坏事。所以说，估计我爸才是真正的主谋，他认为只有摧毁孩子的意志，才能锻炼他的品格。但问题是，我怎么知道这是不是真的？而且就算是真的，又有什么好处？”

“呃，首先，你没有试图去说服玛丽，让她离托马斯远一点。假如你不知道这和你自己的婴儿期有关系，你肯定会去说服玛丽。没错，最早的地图是最难画的，尤其是头两年。我们只能靠推测。比方说，某某最受不了一直等人，无时无刻不觉得肚子饿，可吃饱了又觉得颓丧，神经高度警觉睡不着觉……”

“别说了！别说了！”帕特里克哽咽道，“你说的全对。”

“这反映了早期教养的某种特质，”约翰尼继续道，“它不同于那种无所不能的幻想世界，埃莉诺想用‘非常现实’和‘强力动物’维护的世界。人从来都是‘掩盖自我的面纱’，而婴儿期，那个没有任何记忆，也没有建立自我意识的阶段，则完全是面纱。贫乏也许的确很糟糕，可起码没人知道内情。现在的问题是，如何巩固那个既有的、最好的假我——真实性本身已经不再是选项。但你的情况不同。我认为你可以放弃控制，可以放手往下跳。如果过去的一切真要摧毁你，你恐怕早就完蛋了。”

“那倒未必。也许它在等待时机。过去拥有全世界的时间。只有未来在不断消耗。”

说着，他把瓶里的酒全都倒进了杯子。

“就像我喝的这个酒。”他接着说道。

“这么说，”约翰尼问，“今晚你想要‘做得更好’咯？”

“是的。我的良知没有像预期那样逆反。我不打算跟朱莉娅上床，并以此来惩罚玛丽——我只是在寻找一点点温存。我想，玛丽如果知道是这样，应该也就放心了。对她这种人来说，如果不能满足我的需要，她心里会很过意不去。”

“你这是在帮她啊。”约翰尼说。

“是啊，”帕特里克说，“我不想自夸，可我确实是在帮她。所以，她就算抛弃我，我也不用感到自责。”

“但愿有更多人能像你这么大度。”约翰尼说。

“我感觉很多人都这样吧。”帕特里克说，“反正在我们家，助人为乐一向是有传统的。”

“我想说的是，”约翰尼说，“如果你的遭遇没能让你有所醒悟，那它就是毫无意义的。现在正是托马斯与人发展安全依赖关系的关键期。你只要能熬到他三岁生日那一天，不去破坏这段婚姻关系，也别让玛丽感觉压抑，那就算功德圆满了。我想，罗伯特根本就不用你操心。反正他模仿能力这么强，不管心里有什么负担，他都应付得了。”

帕特里克正要接过话茬，这时，就听纱门“嘎吱”一声被推开，然后又被磁条给吸了回去。于是，两人都默不作声，等着看出来的究竟是谁。

“朱莉娅，”帕特里克发现她正轻快地穿过灰暗的草丛，“来，到这边来。”

“大家都问你在干吗。”朱莉娅说，“你这是在对月狂吠呢，还是在思考人生？”

“都不是，”帕特里克回道，“这山谷里已经有太多狗叫，至于人生的意义，我们很多年前就已经想明白：‘分清敌友，有仇必报。’你说是不是？”

“不对，不对。”约翰尼说，“应该是‘爱邻如己’。”

“嗯，既然我这么爱自己，那这两者也就没什么分别了。”

“哦，亲爱的，”朱莉娅把手搭在帕特里克的肩上，“难道你最大的敌人是你自己？”

“我当然希望是这样，”帕特里克说，“如果有人比我还恨我自己，那多可怕啊。”

约翰尼把快要碎裂的雪茄往烟灰缸里一摁。

“那你慢慢考虑吧，”他说，“我差不多要去睡了。”

“一二三四七八九。”帕特里克口中念道。

“你知道吗？露西他们这代人已经不再说‘抓住黑鬼脚趾头’[1]。他们说‘抓住老虎脚趾头’。很好玩吧？”

“《睡吧，宝贝》[2]的歌词也改了吗？摇篮还会掉下来吗？”帕特里克问。“我的天，”他看看约翰尼继续说，“听到一个人的潜意识句句被戳中，这肯定很难受吧。”

“所以放假的时候，”约翰尼说，“我尽量不听。”

“可你不听不行吧。”

“对，不听不行。”约翰尼笑笑说。

“大伙儿都睡了吗？”帕特里克问。

“就剩凯特尔还没睡。”朱莉娅回道，“她想找人谈心。我感觉，她已经爱上了谢默思。昨天和今天，她都上谢默思那儿喝了下午茶。”

“你说什么？”帕特里克问。

“她已经不再谈论守寡的玛丽女王，而是开始念叨什么

---

1 一种用点数选人的童谣。歌词大意：“一二三四七八九，抓住老虎脚趾头；老虎吼，放它走，一二三四七八九。”

2 即英国儿歌“Rock-a-Bye, Baby”。歌词大意：“睡吧宝贝在树梢，风吹摇篮摇。风大吹折了树枝，宝贝摇篮掉。”

‘充分发挥自身潜能’。”

“那狗杂种。他还想抢玛丽的继承权。”帕特里克说，“我非杀了他不可。”

“那还不如先杀了凯特尔，趁她目前还没修改遗嘱。你说呢？”朱莉娅问。

“有道理。”帕特里克说，“我有些意气用事了。”

“这是怎么回事？”约翰尼说，“麦克白夫妇的夜话？就让她充分发挥自身潜能，不也挺好吗？”

“我的天，”帕特里克说，“你最近在读什么书？我一直以为你这人挺实在，没想到也相信什么人性潜能。只有白痴才会在每次的插花造型中看到黄金国。就算是心理治疗的天才，顶多也只能让凯特尔在切尔滕纳姆[1]报个探戈舞的培训班。可如果到了谢默思手上，她的‘全部潜能’一定会被发挥到极致。”

“凯特尔还没有发挥的潜能——这种人并不在少数，”约翰尼说，“和个人爱好甚至成就根本无关。这更多在于你能否享受一切。”

“哦，原来是这种潜能。”帕特里克说，“你说得对，我

1 切尔滕纳姆（Cheltenham），位于英国格洛斯特郡，以温泉度假、文体赛事著称的旅游小城。

们当然都要好好发挥。”

朱莉娅小心翼翼地用指甲在他大腿上划了几下。帕特里克顿时感到一阵半勃起的冲动蔓延至内裤的褶皱里，直抵那个最让人尴尬的部位。因为约翰尼就坐在面前，他并不急于解决裤裆里的问题，而是信心十足地等着问题自行消失。再说，反正也不用等太久。

约翰尼起身和帕特里克、朱莉娅道晚安。

“睡个好觉。”说着，他迈步走向大屋。

“开发潜能这事可能会让你忙个不停。”帕特里克学着用凯特尔的腔调说。

朱莉娅听见约翰尼关门进屋，立刻跨坐到帕特里克的腿上，正面朝向他，两手轻轻搭着他的肩膀。

“他知道吗？”她问。

“嗯。”

“你干吗告诉他？”

“他不会跟人说的。”

“也许吧，可现在，想保密也来不及了。真不敢相信，我们的事竟然已经败露。我们才刚上的床，可居然已经尽人皆知。”

“他们早知道了。”

“为什么？”

“因为这里有座花园，对吗？还有这棵苹果树……”

“别胡扯，跟这没关系。那是另一种知道。”

“这两个是相伴相生的。正因为上帝不在，我们才会无所不知、无所不谈，才会执着于事实真相。”

“我倒并不执着于事实真相。我关注的是我们对彼此的感觉。我想，你之所以认为这与事实真相有关，那是因为你更擅长用脑而不是用心。总之，你本不该告诉约翰尼的。”

“无所谓啦。”帕特里克突然失去了所有争辩的欲望，“我经常想，这世上也该有个叫‘无所谓侠’的超级英雄。不是超人、蜘蛛侠那种动作英雄，而是个与世无争、无所作为的英雄。”

“那他说‘无所谓’的时候会拖长音吗？”

“会，只要他肯开口说话。但是相信我，他不会那么常开口的。当别人喊‘流星来袭！地球末日！’的时候，他会拖长音说‘无所谓啦’。可是，在种族清洗的时候，或者当偏执型精神分裂症发作的时候，他也会警觉起来。比如要他说‘无所谓侠在此’，这时候他就不会拖长音。”

“那他也穿斗篷吗？”

“不，不。他常年穿同样的旧牛仔裤和T恤。”

“所以你宁可扯这么一大堆，也不肯认错。”

“要是我告诉约翰尼让你不开心，那我承认我错了。”帕特里克说，“可是，既然我铁哥们儿问我过得怎么样，我当然不能避重就轻，否则也太不够意思了。”

“我的小可怜，你也太——”

“实诚了。”帕特里克接过话茬，“这老毛病我总也改不了。”

“那你怎么不对楼上的人也实诚一点？”说着，朱莉娅把上身凑近，给了帕特里克一个深情的长吻。

他很感激朱莉娅的吻让他无法回答问题。况且，他也确实不知道说什么。她是在取笑自己昨晚肤浅而空洞的表现吗？或者，她根本就没察觉？人心难测。天哪，他又忍不住了。两个人拥吻在一起，越陷越深。他看到自己沉溺其间的画面。不，不是画面，是事情本身。管它是什么呢。谁敢说真实必昧于自我的反思？他对此表示怀疑。干吗要压抑它，追求所谓的契入？说到底，那不也只是真实的映像吗？

朱莉娅暂停了她的吻。

“你怎么心不在焉的？”她问。

“我在想事情。”他坦言道，“你说要我对楼上的人也实诚一点，我感到很吃惊——我是太实诚了，都不知道该怎么办。”

“这我可以帮你。”朱莉娅说。

两人松开了臂膀，手牵手走回大屋，就像一对如胶似漆的小情人。

他们走到楼梯拐弯处，正要溜进朱莉娅的卧室，这时，就听从露西屋里传来几声隐约的傻笑，继而是一个渐强的嘘声。于是，两人立刻从秘密情人化身为操心的家长，气势汹汹地来到走廊。朱莉娅在门上轻轻敲了几下，随即推门而入。屋里一片漆黑，走廊的灯光照进来，正好照到满满当当的床上。只见床罩上散乱地堆满了露西的毛绒玩具。这些全是她心爱的宝贝，像是小白兔、蓝眼睛的狗，最不可思议地，还有她咬住就不放的那只花栗鼠——她三岁那天收到的生日礼物。再往被窝里一看，居然还睡着个活蹦乱跳的小男孩。

“宝贝？”朱莉娅说。

两个孩子都不吱声。

“别装睡啦。刚才我们在走廊全听见了。”

“可是，”露西突然坐了起来，“我们什么坏事也没干。”

“妈妈没说你们在干坏事。”朱莉娅解释道。

“这支线剧情也太荒谬了。”帕特里克说，“不过，既然孩子们想睡在一起，那也没什么不妥。”

“什么叫支线剧情？”罗伯特问。

“就是主要剧情以外的部分，”帕特里克说，“它往往比主要剧情更大胆、更直接。”

“那我们为什么叫支线剧情？”罗伯特问。

“你们不是支线。”帕特里克说，“你们是主线。”

“我们有很多想聊的，”露西说，“没办法等到明天。”

“这就是你们还没睡的原因？”罗伯特问，“因为你们有很多想聊的。而你说我们是支线剧情，也是因为这个原因吧？”

“听着，忘记我说过的话。”帕特里克说，“应该说，我们是彼此的支线剧情。”为了尽量把罗伯特搞糊涂，他又补了一句。

“就像月亮绕着地球转。”罗伯特说。

“没错。人人都以为自己是地球，但其实，他也可能是绕着别人转的月亮。”

“可地球还要绕着太阳转。”罗伯特说，“那谁是太阳呢？”

“太阳上没办法住人。”帕特里克松了一口气。他们兜了一大圈，终于把原话给忘了，“它的剧情很单一，那就是让我们一直转啊转。”

罗伯特一脸困惑，正想再问下去，这时朱莉娅打断了他。

“咱们能暂时回到地球吗？”她问，“我并不介意你们睡一块儿，但别忘了，咱们明天要去‘水上乐园’，所以你们必须马上睡觉。”

“那还做别的吗？”说完，露西咯咯地笑了，“腻歪在一起？”

两个孩子发出厌恶的吼声，然后四仰八叉地笑成了一团。

第九章

帕特里克又点了一杯特浓咖啡，然后看着女招待一步步绕回至吧台。整个过程中，他只恍了一下神：他看见女招待趴在餐桌上，两手紧拽着桌边，正在被他从背后操。他对女招待的迷恋并没持续太久。很快他就发现，咖啡馆的另一端有个穿黑比基尼的女孩：只见她闭着眼，两腿微张，沐浴在晨光里，恬静得像只蜥蜴。帕特里克再度陷入了幻想。她检查比基尼线[1]时专注的神情，他或许一辈子都忘不了。普通女人只在浴室的镜子前才会有那种表情，而她却是那么投入，旁若无人，手指沿着比基尼的内缘一路滑下去，提起来，再往当中挪一挪，尽量不去破坏裸露的整体，因为那才是重点所在。“玫瑰步道”上游客川流不息，都争着想在海滩上占有棺材那么大的一块地。可是，在她眼里，这一切可能并不存在。因为她只关心自己的肤色好不好看，腿毛有没有除尽，腰线够不够美；她太爱自己，完全对别人视而不见。而帕特里克也深深爱上了她。如果不能拥有她，他会死的。如果他终将迷失，或者已经迷失，他想要迷失在她身上，沉溺在她自恋的小池里——只要还有多余的空间。

哦，别，别这样。拜托。只见一个猛男走到她桌边，把一包红色“万宝路”和手机放在她的手机和特醇“万宝路”旁边，然后吻了吻她的嘴唇，在旁边的椅子上坐下。说是“坐下”，其实倒更像肌肉的弹跳运动。心碎。厌恶。愤怒。帕特里克飞掠过情绪的地面，勉强冲向了无奈而忧郁的天空。还用说吗，她当然有过很多男人。说到底，这是件好事。有人以为时间还很充裕，有人却自觉命在旦夕，就像萨图恩口中即将被吞噬的孩子[2]。这两种人是聊不到一起的。吞噬。他能体会这感觉：螳螂把活的蚜虫夹在前腿中间，然后把肉一片片撕下来，麻木而高效；牛羚被狮子咬住脖子以后，为了不栽倒，会一直瘸着腿绕圈，直到最后倒地，尘土扬起，挣扎，断气。

是的，“比基尼女孩”名花有主，这说到底是件好事。因为他自己既缺乏诲人不倦的耐心，也没虚荣到甘愿做个小白脸的程度。在这两周时间里，是朱莉娅让他习惯了性爱，而他则必须在朱莉娅的同辈当中，凋零的一代人当中，时间的流亡者

---

1 比基尼线（bikini line），沿女性比基尼下装露出的性感曲线，大约与腹股沟重合。

2 根据罗马神话的记载，农神萨图恩为防止儿女篡权，往往一等孩子出生，就将他们生吞。

当中，找寻他的恋人。当然，眼前这绕回至吧台的女招待也许是个例外。她老练而真诚的笑容里，有什么东西恰好契合了他的心绪。又或者，是她牛仔衣上那倔强的突起？他该不该在特浓咖啡里倒进一小杯白兰地？十点半刚过，时间还早，可是，冰凉的啤酒杯已经在几张圆桌上闪亮。假期只剩两天了。这两天可能又要被荒废掉。他点了一杯白兰地。这样，起码女招待马上就能回来。他一厢情愿地认为，她来回忙碌完全是为了自己，不知疲倦地满足他苦苦寻求的慰藉。

他转身面向大海，可是，晶莹的海水实在太刺眼。他抬手遮住阳光，想象着人山人海的金色沙滩。到处是亮闪闪的防晒霜。有人在沙滩上打球，有人在宁静的海湾里休憩，有人躺在浴巾、床垫上看书。狂风呼呼地吹过，海滩上扬起一层耀眼的薄沙。人群里传来的低语，不时被喧哗和尖叫声刺穿，并最终归于沉寂。

他必须冲下海滩，誓死保卫玛丽和孩子，把自己溃烂的身体当作盾牌，为他们争取几秒钟的生命。他极力想摆脱父亲和丈夫的角色，可就在成功的那一刻，却又感觉不舍。而对抗这深深的无力感，最好的解药莫过于孩子所赋予的使命感，尽管那都是些徒劳的任务，比如往海滩的沙洞里灌注一桶又一桶海水。在还没有逃离家庭以前，他总在想，一旦恢复单身，自己就会变成众所瞩目的焦点，又或者一个独来独往的观察者，把望远镜对准某些常被忽略的领域。曾几何时，重重的义务遮蔽了这一切，像一群叽叽喳喳的椋鸟在他眼前晃来晃去。其实，独身也会派生角色，基于饥饿而非责任的角色。他会变成咖啡馆里的偷窥狂，欲火焚身，又或者变成精密的机器，不停估算着他那微薄的收入。

究竟做什么才不会陷入角色的桎梏？他可以不做倾听者而自由地倾听吗？可以不做思考者而自由地思考吗？毫无疑问，有很多事正在进行着，倾听和思考，与他擦身而过。可是，他心里仍然残存着暗黑寓言的痕迹。他背对闪亮的急流而坐，凝视着一个石头的世界。就连他和朱莉娅出轨的事，都像在底座上刻了《通奸的悲哀》。出轨非但没让他变得大胆，反而让他自觉一无所有。自从两人同床以后，他就整天在泳池边的椅子上瘫着，感觉宁愿烂在路边的阴沟里，连饿了的老鼠都不想碰，也不想一次次拒绝孩子的要求，更何况，他们是多么可爱啊，他自知有愧，所以心血来潮时会主动取悦玛丽，然而，这就像他那些挑衅的话一样，一眼就被看穿了。他从玛丽那儿得到的一丁点自由，很快就被另一个角色所剥夺。她是他的情妇，他是她的有妇之夫。她拼命想把他占为己有，他拼命想保住家庭、维持现状。两人的关系已经非常稳定，但利益却是背道而驰。在这里，通行的货币是欺骗：欺骗玛丽，欺骗彼此，欺骗自己。只有在床笫之间，两人才能找到些许共同点。他们的外遇已经招致这么多挫败和麻烦，这让他十分惊讶。为今之计，只有快刀斩乱麻，跟她断绝关系，就当这是夏日的一段风流韵事，而不能任其演变为一场如火如荼的婚外情。但糟糕的是，事态已经失去控制。他只有和她上床的时候，进入她身体的时候，在她体内射精的时候，才会心情愉悦。他跪在地板上，她坐在扶椅上，抬高膝盖，叉开腿，那感觉太棒了。下着雷雨的夜晚，空气中满是自由的离子，她伫立窗前，对着闪电屏住呼吸，而他则站在身后……谢天谢地，他要的白兰地来了。

他冲女招待微微一笑。法语“亲爱的，怎么样”该怎么说？好像是什么什么 *chérie*。算了，安全起见，还是先记住怎么说“再来一份”吧。是啊，他已经迷失，因为他喜欢朱莉娅的一切：她嘴里呼出的烟草味，月经散发的血腥味。什么样的嫌恶都无法让他忘怀。她善良，她细腻，她善解人意。而他会见机行事，把这些一个个碾碎——他知道自己会这么做。

女招待把手里的托盘往邻桌一搁。“再来一份。”他一边对女招待说，一边用手指着杯口画了个圈。她点点头。她是服务顾客的女招待，他是等着女招待服务的顾客。各人都有属于自己的角色。

他能感受到季节将尽，感受到海滩和饭馆的倦意，感受到返回学校和工作、返回大都市的气息。而对当地居民来说，日益减少的游客、逐步消散的暑热，都是让人宽慰的征兆。他请来的客人也都离开了圣纳泽尔。凯特尔走时非常得意，因为她知道她会头一个回来。她已经报了谢默思的《基础萨满》讲习班。另外，她还欣喜地决定留下来再上一门气功课。授课老师是个扎马尾辫的武师。只要有人注意的时候，她都会把老师的相片看了又看。谢默思送给她一本书，《当下的力量》[1]。她还没读过一页，就把它封面朝下放在了躺椅边上，以示她对圣纳泽尔主宰者的忠诚。她之所以接受谢默思，只是因为这事太让她恶心了。她平常都在批评玛丽带孩子的方式，而这事正好可以填补空闲的时间。玛丽已经学会怎么避开风头，怎么失踪半天。起初，凯特尔很有些不知所措，直到后来，她决定成为谢默思"超个人心理学基金会"的拥趸。再后来，《当下的力量》也不见了，因为她被老友安 惠特琳说服了。安戴 顶大草帽，草帽后面拖一条邓肯式[2]的长围巾，看着特别危险。她从一个时尚人士聚集的海岬出发，沿着海岸一路滔滔不绝。她

1 《当下的力量》(1997)，风靡全球的灵修畅销书，作者是德国人埃克哈特·托利（Eckhart Tolle）。
2 伊莎多拉·邓肯（1878—1927），美国著名舞蹈家，因在驾车时围巾不慎卷入车底而意外死亡。

总把别人的话当作耳边风，可偏又极度在意别人对自己的看法。有一回，托马斯激动地告诉玛丽，他在泳池别墅的旁边发现了一卷水管。因为托马斯口齿不清楚，安就问："他在说什么？他在说什么？要是说我鼻子大，我就了断。"这半截子话还真有意思，帕特里克从没听说过，并由此联想到那些血淋淋的文章，说男性如何害怕承诺。那，他到底该对婚姻有所承诺呢？还是对朱莉娅有所承诺？或者，干脆了断算了？

他怎么能就这样痛苦下去？他又该如何终止这一切？对，从老母亲那里偷一幅画来，这肯定能让自己开心起来。目前，埃莉诺手头还剩两幅画，且都是布丹[2]的作品。两幅画均以多维尔海滩为题材，只是选取的景色有所不同，价值约二十万英镑。可现在，他已不敢奢望"在正常情况下"继承这笔遗产。仅仅三天以前，也就是欢送走凯特尔以后，他又收到一张埃莉诺的便条。便条是用铅笔写的，字迹很淡，写得很辛苦，大意是说她想出售布丹的画，然后把卖的钱给谢默思盖一座感觉剥夺实验楼。看来，无脑国的"忽必烈汗"还嫌事情进展得不够快。

他能想象自己在某个遥远的过去，决意"将布丹的画传给

2 尤金·布丹（Eugène Boudin，1824—1898），法国风景画家，尤其擅长画海景。

后代”，而那些堆积的云层，那个失落却又亲近的世界，那一条条源自诺曼底海滩的文化血脉，无不令他惆怅而伤怀。现在，这两幅画可能就要变成两台取款机，安装在母亲居住的养老院。如果非得放弃圣纳泽尔，那他就可以把布丹的画卖了，把伦敦的公寓卖了，然后准备搬到女王公园[1]。他会很开心，因为这一来，他们就能在主干道上买一栋排屋，托马斯就不用睡在改装的壁橱里，他可以有间正常大小的儿童卧室。而他哥哥，再也不用担心每次堵车两小时。总之，帕特里克对法国领土另一端的海景完全不感兴趣，因为透过第二杯干邑白兰地的琥珀色镜头，他就能轻易观赏到莱屈埃[2]这流毒的地狱。“这里一样海天相接，多谢了，布丹先生。”他喃喃自语道，头已经有些晕眩。

谢默思知道这张便条吗？便条是他写的吗？埃莉诺想在有生之年把圣纳泽尔捐出去，帕特里克当然不会答应。至于卖布丹的画，他一样不同意，但拒绝的方式却更加激烈：他要把画偷出来。除非谢默思握有书面证据，证明埃莉诺答应把画捐赠给基金会，否则，他一定要跟谢默思舌战到底。所幸的是，中风以后，埃莉诺的签名很像蹩脚的伪造品。帕特里克有信心，

---

1 女王公园（Queen's Park），位于伦敦市区，环境优雅，是比较高级的富人住宅区。
2 莱屈埃（Lecques），法国西南著名海滨度假胜地。

他不怕跟那爱尔兰神棍在法律上周旋，就算无法赢得自己母亲的支持。他豪爽地点了一杯“最后的白兰地”，虽然明知不该在午饭前喝得烂醉。他确信，这事其实很好办，无非就是怎么把两台油腻的取款机从墙上取下来。

“玫瑰步道”的灯光倾泻在他身上，像一根根火烫的银针。即便戴着墨镜，眼球还是被扎得生疼。他实在太……咖啡和白兰地……喷气发动机的一声轻啸。“沙滩上漫步/望着那桃树/呐，呐呐，呐呐呐呐呐。”这是哪儿来的诗句？按“撤回”键。和往常一样，什么都没发生。杰勒德·曼利·霍普金斯？[1]他狂笑不止。

他必须抽一支雪茄。必须抽，必须抽，必须抽，不抽不行。什么时候雪茄就只是雪茄？在你必须抽它以前。

运气好的话，等他回到塔希提海滩（此处爱尔兰口音），应该还能赶上一场唇枪舌剑的骂战。“上帝保佑谢默思。”他虔诚地补充道。说着，他在矮墩墩的青铜灯柱下发出了呕吐的声音。双关语：这是人格分裂的症状。

这里有烟草。红色圆柱体。哎呀。“对不起夫人。”这些大块头、皮肤又黑又皱的法国女人，这些粗重的金饰、橘黄色的

---

1 杰勒德·曼利·霍普金斯（Gerard Manley Hopkins，1844—1889），英国诗人、耶稣会牧师，作品多以大自然和宗教为题材。

头发、焦糖色的狮子狗，到底怎么回事？到处都能看见她们。打开玻璃柜的锁。“这个。”手指着一包“好友蒙特雷”[1]。小型断头台。咔擦。还有再厉害点的吗？真正的断头台。不，不，夫人，不是给雪茄，是给顾客用的！一刀就断的那种。

火烫的银针还在下。赶紧跑到附近的松林里躲一躲。也许，他应该在回去见家人以前再来一小杯白兰地。玛丽和两个儿子，他是爱得多么深啊，这让他很想哭。

他走进“海豚”商店。咖啡，干邑白兰地，雪茄。不如先处理掉这些琐事，然后，他就能尽情享受一天中剩下的时间。他点燃一支雪茄，浓烟袅袅地从口中呼出，像商店里展开的地毯，仿佛在向他显现什么图案。他娶了玛丽，一个好女人，然后把她变成了一副刑具，就像四十年前埃莉诺的翻版：你永远别想得到她的爱；她对谁都真心付出，却唯独将你置之度外。说来还真是讽刺，这都是他咎由自取：一方面，他很排斥埃莉诺这样的恶母；另一方面，他选择的慈母却把爱全都给了孩子。他明白，自己对钱财的迷恋只是物质的表面，其根源还是感情的匮乏。很多年前，他就已经知道事实，只不过，当时他

1 好友蒙特雷（Hoyo de Monterey），一款老牌古巴雪茄烟。

自觉对此仍有特别清晰而巧妙的把握，对局势仍能全面掌控。他又吐了一口浓烟，蓝色的烟雾在空气中弥漫开来。他为自己能置身事外而陶醉，仿佛这是一种本能，像潮水拍岸时振翅而飞的海鸟。

那感觉终于过去了。早餐他只喝了点橘汁，此刻，六杯特浓咖啡和四杯白兰地正在肚子里打群架。他要怎么做？烟已经戒了。他把手里的雪茄扔进阴沟。哎呀。“对不起，夫人。”我的天，又是那女人，至少长相差不多。他真想烧死她的狮子狗。想都不用想，报纸肯定会这么写：……一醉酒英国游客……点火烧死狮子狗……

他必须打电话给朱莉娅。只要他知道她离不开他，他就可以没有她。这是极度软弱之人在永久的失望与短暂的慰藉之间所做的交易。他感到有些厌恶，但也明白合同总是要签的。必须保证她还在等着他，想着他，恋着他，盼着周一晚上在她的公寓见到他。

此刻，距离最近的电话亭，一个没有门、满是尿骚味的废纸篓，正在下个街角的烈日下冒着烟。拨电话的时候，他的手被蓝色的塑料烫到了。

“您拨打的电话暂时无法接听，请您在哔一声以后……”

“喂？喂？我是帕特里克。你是在躲我吗？……好吧，我明天再打来。爱你。”他差点忘了说最后一句。

所以说，她不在家。除非她正躺在床上，跟别的男人一起，对着他那条试探性的电话留言窃笑。如果说他有一句话想要告诫世人，那就是：千万、千万要先找个可靠的情人，然后才能要孩子。千万别被幻想的未来给骗了——“等他断了奶就好了；等他能分床睡就好了；等他上大学就好了。”这些空洞的憧憬就像逃逸的马队，把一个男人拖拽过碎石滩，拖拽过巨型仙人掌，而他却在祈祷缰绳赶快断裂。一切都完了，婚姻带给他的只有责任和义务，而不是安慰。他一屁股坐到最近的长椅上，在回去见家人以前，他需要缓一缓。塔希提海滩的天蓝色小屋和阳伞已经映入眼帘，并正在进入他的记忆深处。第一次来这里的时候，他和现在的托马斯一样大，而到了罗伯特的年纪，记忆就非常清晰了：玩脚踏船，害怕会漂流到非洲的海滩；在外籍女佣精心堆筑的沙塔里跳上跳下；自己点饮料和冰淇淋，虽然下巴才刚能够到木头的柜台。十几岁的时候，他开始带书到海滩上去。他戴着贴面式墨镜，走过莱屈埃浅色的沙滩，两眼不停打量着袒胸晒日光浴的人们。他第一次羞红了脸，感觉裤裆有些鼓胀，于是便拿本书遮住。打那以后，塔希提岛越变越小，直到整个沙滩几乎被海水吞没。二十几岁的时候，他目睹市政府运来几千吨进口卵石，试图重建海岛。每年复活节期间，都有人从海湾里采捞黄沙，然后用好几辆推土车把沙子铺在人造海滩上，可一到冬天，暴风又将沙子全都耙回海里。

他弯腰用双手托住下巴。咖啡和白兰地的威力正在消失，他只觉体内残留着一股紧张而可怕的能量，像扔出去的石子，总要在水面弹跳几下再沉到水里。他恹恹地望着原始海滩的幻象，如果他儿时见过的海滩可以称之为“原始”的话。然后，他便不再理会这过于狭隘的定义，而是穿过地质时光的隧道，一路跌跌撞撞，回到那百无聊赖的第一片海滩，那些干涸的潮水潭，那些亿万年来始终无所适从的微粒。除了挤来挤去，谁还能找点别的事来做？一排排面无表情的脸孔，像星期天晚上一帮老朋友推荐新的餐馆。从这原初的海岸望去，人类生命的出现很像席里柯[1]《美杜莎之筏》里画的那样：青绿色的幽灵在严寒的时间汪洋中沉溺。

他需要再喝一杯，才能摆脱胡思乱想的纠缠。另外，还需要一些吃的。还需要一些性爱。用谢默思的话说，他需要接地气。他需要回到同类当中去，海滩上那一排排会打嗝的动物，彼此间只隔了一块刀片或者一瓶脱毛蜡的距离，以及一层很厚

1 泰奥多尔·席里柯（Théodore Géricault，1791—1824），法国画家，浪漫主义画派的先驱，代表作《美杜莎之筏》。

很厚的兽皮。他们忍住背部的剧痛，只为能够直立行走，可私下却想着把手指扎进沙里瘸着腿走，尖叫，咕噜，殴斗，性交。没错，他需要活得更真实。只是，一想到长椅那头白发苍苍的老太，一想到她肿胀的脚踝，他就不得不停止捶胸顿足，停止争夺地盘的吼叫。体贴用心，当然，还有越来越郁闷的心情以及正午的宿醉。

他勉强站起身，曳步走向仅剩几百码远的塔希提岛。这时，只见一个几乎全裸的女郎正穿过平坦的粉红色水泥路向他一摇一晃地走来。无懈可击的胸部，肚脐上嵌着一颗钻石，两人四目交汇。她莞尔一笑，举起双臂，像是要把一头金发在头顶盘成蓬松的发髻，但其实，却是在向你暗示她的睡姿。哦，上帝，为什么命运要如此安排？为什么不能直接把她抱到滚烫的引擎盖上，扯下那苹果绿的比基尼泳裤？她是这么想的，他也是这么想的。好吧，至少他是这么想的。她很可能想得到她已经拥有的东西，那种骚扰每个异性恋男人的能力——人家别忘了还有我们的女同性恋同事，他像市长讲话那样补充道——她会徘徊在让她沮丧的男友和强劲的小车之间，挥起镰刀向男人砍去。她从身边走过，他继续蹒跚往前。她可能会砍下男人的生殖器，一把扔进沙地。他感觉腿上在流血，听见一群狗在为这意外的美食而争吵。他想要再次坐下，躺倒，把自己深埋在地下。人生就此完结。他羡慕雄蜘蛛，羡慕它能在授精后立刻被雌蜘蛛吃掉，而不是像男人那样慢慢被蚕食。

他终于来到了海滨。这里有一段很宽的白色阶梯，走下去就是塔希提海滩。他站在阶梯口，看见罗伯特正提着水桶来回跑，拼命往一条开裂的壕沟里灌水。托马斯躺在妈妈怀里，吮着拇指，捏着小手帕，一边用异样而客观的眼神注视着罗伯特。他们很开心，因为有母亲无微不至的关注；他不开心，因为他也受到了无微不至的关注。这至少是个次要原因，但让他忧愁的“原始海滩”并不在这里。算了，别去想什么原始海滩了。他必须脚踏这片海滩，做出个父亲的样子来。

“你好，亲爱的。”玛丽说。她的笑容里永远透着疲惫，永远无精打采。两个人的生活都不容易；她努力想满足儿子无穷无尽的要求，同时，还要对抗多年来失去独处权利对其天性的摧残。

“好。”帕特里克回道，“要不要吃午饭？”

“我看托马斯都快睡着了。”

“好吧。”说着，他瘫倒在躺椅上。反正干什么都不顺心。

“你看，”罗伯特指着眼皮上的肿块，“我被蚊子咬了。”

“别对蚊子太苛刻，”帕特里克感叹道，“它们只在怀孕后才一直嗡嗡叫。而女人总是唠叨个不停，就算生过几个孩子也改不了。”

干吗要说这个？他今天好像特别讨厌女人。现在唠叨个不停的人恰恰是他自己。玛丽绝不是这样的。他对女人一百个不信任。这一点儿子跟他大不相同。他必须努力振作起来，起码得把沮丧的情绪先控制好。

“对不起，”他说，“我不知道干吗说这个。我感觉特别累。”

他满怀歉疚地笑笑。

“看样子，你需要人帮你修一下这壕沟。”他提起第二桶水，向罗伯特建议道。

于是，两人来回跑动，不断把海水注入沙地，直到托马斯在母亲怀里睡着。

2002年8月

第十章

托马斯在碧蓝的嬉水池里玩得不亦乐乎。突然，他冲上沙滩，一边扭头看妈妈有没有跟在后面。玛丽见状立刻把躺椅往后一推，直接奔上前去。现在的托马斯跑得可快了，而且一天比一天快。他已经跑到台阶的最上面，只要再穿过“玫瑰步道”就是来往的车流。玛丽三步并作两步冲上台阶，眼看托马斯正要拐过一辆停靠在路边的轿车，便伸手一把抓住了他。要知道，海滨公路上车水马龙，可托马斯在那辆车后面根本看不见。玛丽抱起托马斯，小家伙又是踢又是闹。

“以后可别这样。”她都快哭出来了，“以后可别这样。太危险了。”

托马斯开心得咯咯大笑。昨天回到塔希提海滩，他才刚发明了这个游戏。去年这时候，要是离开妈妈三码远，他自己就会跑回来。

玛丽把他从路边抱到阳伞下，他就切换到另一种模式：吮拇指，用手掌亲切地拍打她的脸。

“你怎么了，妈妈？”

“你乱闯马路，我很生气。”

“我要做件很危险的事。”托马斯自豪地说，“我一定要。”

玛丽忍不住笑了。这孩子太招人喜欢了。

她怎么能说自己难过呢？你瞧，她现在有多开心。她怎么能说自己很开心呢？你瞧，她现在多想呐喊、尖叫啊。她没工夫把起伏的每一个情绪都画成族谱。很久以来，她一直在辛苦地感受别人的心情，感受孩子们善变的情绪。有时，她感觉都快忘了自己的存在。她必须用呐喊来找回自己。不理解的人以为，她流泪只是因为压抑太久、身心俱疲、劳累过度，或者丈夫对她不忠，但其实，这更像一门速成课，教她如何找回自己然后再奉献出去。她一直都这样。小时候，她只要看到鸟落在枝头，就能感受到它狂乱的心跳。有时她在想，自己的无私究竟是优点还是病态。对此，她同样没有确定的答案。而在帕特里克的世界里，所有判断和意见都必须显得很有权威。

她把托马斯抱到桌边的一摞塑料椅上。

“妈妈，不要，我不要坐叠椅。”说着，他从椅子上爬下来，然后调皮地笑笑，又朝台阶的方向跑去。玛丽当即又把他抓回来，重新放到叠椅上。

“妈妈，不要，不要针对我，我承受不了。”

“你这些话是跟谁学的？”玛丽大笑。

老板娘米歇尔端来一盘烤好的黄花鱼，凶巴巴地瞪了一眼托马斯。

“这很危险。”她训斥道。

昨天米歇尔说，她的孩子要是往马路上跑，她就打屁股。玛丽总是得到些没用的建议。说什么，她都不会打托马斯的屁股。她不仅觉得这主意挺恶心，而且认为惩罚只会掩盖而不是解决问题；孩子记住的只有暴力，暴力用他的怨愤代替了家长的怨愤。

凯特尔就经常提供些没用的建议，因为她本人就是个很没用的妈妈。她总想要压制玛丽的独立个性。她没有把玛丽当成玩偶——她自己都忙着成为玩偶，所以根本没那工夫——而是把她当成一种风险投资基金：其本身并无价值，但如果能嫁个有钱有势的男人，也许有一天还能有所回报。她明确说过，嫁给一个即将失去中型海外房产的律师，这达不到她心目中的要求。凯特尔对成年玛丽的失望，不过是对她出生以来所有失望的延续。女孩不同于男孩，这让她感觉很失望。凯特尔假装玛丽的父亲特别想要个男孩，但其实，真正失望的却是她自己的父亲，一个爱好壕沟胜过儿女情长的大兵。他只赞成和女性保持最低限度的必要接触，为的是生个儿子、传宗接代。可后来，他一连生了三个女儿，从此便心灰意冷，整天埋首于书房。

玛丽的父亲正好相反，他就喜欢这个女儿。他个性腼腆，但和女儿倒挺合得来，而且谁也不干涉谁。二十岁以前，玛丽几乎不怎么说话。她爱父亲，因为父亲从不会让她感觉沉默寡言是什么缺点。他认为，这根源于一种极为强烈的情感，是内心极为丰富的反映。玛丽的情感生活和社会成规之间横着一道难以逾越的鸿沟。父亲年轻时也有过同样的问题，但渐渐地，他学会了向世人呈现另一个自我。玛丽在真我问题上的纠结也让他回头叩问自己。

玛丽对父亲记忆犹新；他的早逝让一切变得更加难忘。父亲死于癌症，那年她十四岁。为了“保护”她，家人一直向她隐瞒病情，可这非但没用，反而让她更加忧心。这是凯特尔出的主意，目的是用隐瞒代替怜悯。亨利死后，她要玛丽“学会坚强”。而所谓坚强，就是不要乞求怜悯。但其实，即便有这样的机会，她也不会争取。因为母女两人的感受实在是天差地别。玛丽沉浸在丧父之痛里难以自拔，她想象父亲所遭受的痛苦，她知道只有父亲能理解自己的悲伤。与此同时，让人纳闷的是，很多时候他们都只是默默地交流，而且没有任何障碍。相比之下，凯特尔仅仅有个痛失亲人的样子。实际上，真令人痛苦的是，她最近又感受到一波沮丧的情绪。现实就是这么不公平。做寡妇吧她还太年轻，想体面地改嫁吧又嫌年纪太大。父亲过世以后，玛丽才算彻底明白母亲是多么薄情，并逐渐学会了鄙视她。等有了自己的孩子以后，她从前的那点同情心便随之淡了下去。现在，她动不动就大发雷霆，所以同情心也就更加稀薄了。

凯特尔最近又演了一出好戏：因为托马斯两岁生日没送礼物，她主动道了歉。她“东找西找”（言外之意：给哈罗德百货公司打过电话），“想找你小时候用过的那种儿童安全绳”。可既然哈罗德没货，她也就懒得再找别的。“这东西将来肯定还会流行。”听口气，好像她终究会补上这份迟到的礼物，也许是托马斯二十岁或者三十岁的生日，又或者等到世人幡然醒悟，商店开始补货那天。

“外婆一定让你很失望吧，连个安全绳都没给你买。”她对托马斯说。

“不，我不要安全绳。”托马斯回道。他现在很爱跟大人故意唱反调。凯特尔因为不知道情况，被吓了一跳。

“以前外婆顶爱用这东西了。”她继续道。

“而我一见这玩意就想骂脏话。”玛丽接过话茬。

“其实并没有。”凯特尔说，“你跟托马斯不一样，你可不能骂脏话，像喝醉的水手那样。”

的确，他们上回在伦敦看望凯特尔，托马斯就说：“糟糕！他妈的洗衣机又开始转了。”说完，他就跑到壁炉旁边按门铃，以为这样洗衣机就不转了。

那天早上，帕特里克读完苏富比的来信，气得骂了一句“他妈的”，不想竟被他听到了。原来，经鉴定，那两幅布丹的画居然都是赝品。

“亏我还纠结了那么久。真是不值当。”帕特里克说。

“也不能说不值当吧。你决定不偷以前并不知道是赝品。”

“是啊，可问题也在这儿：我如果知道，就不用这么纠结了。‘偷自己母亲的东西？这可不行！’我本该当机立断的，可结果，整整一年都在考虑，要不要做个跨时代的侠盗罗宾汉，劫富济贫、替天行道。我想做个正人君子，可我母亲却因此让我惭愧自责。”帕特里克抱住脑袋，“你说矛盾不矛盾？而且也没必要嘛。”

“爸爸在说什么？”托马斯问。

“我在说你他妈的奶奶的假画。”

“不，她不是我他妈的奶奶。”托马斯拼命地摇头。

“其实，她那点钱也是我他妈的奶奶留给她的。谢默思并不是头一个想骗她钱的人。早在三十年前，就有个巴黎的艺术掮客玩过这种把戏。”

“不，她不是你他妈的奶奶，”托马斯说，“她是我他妈的奶奶。”

财产是托马斯最近关注的另一个话题。长久以来，他一直对占有财物毫无概念，因为反正什么东西都归他所有。

八月的第一个星期，玛丽只有托马斯陪在身边。帕特里克因为一个棘手的案子被迫留在伦敦。玛丽怀疑这案子涉及的并非别人，而正是她和朱莉娅，虽然表面上看不出来。她怎么会嫉妒朱莉娅呢？实际上，有时她要感谢对方都来不及。她不希望帕特里克被人抢走，也不相信这真的会发生。玛丽天生爱嫉妒又放荡。要协调好这两方面，她只能放宽自己在性上面的尺度。这样，帕特里克便不会真想要离开她，而她的嫉妒心也可就此得到满足。不过，这流程图看似简单，但也会导致两个直接的后果。首先，有时她会特别怀念做母亲以前的那种性生活。很自然地，受孕期间，她的激情在泯灭之前达到了巅峰。其次，她很生气，她感觉帕特里克为了更起劲地搞外遇，正在故意破坏他俩之间的关系。这是他的思路：他需要性，她给不了，他只好去别处找。出轨还只是技术问题，但不忠则会引起根本的怀疑，造成一种病入膏肓的气氛。

罗伯特没有在外面过夜的经历。他在朋友杰里米家的第一个晚上，玛丽跟他通电话，感觉他极为放松。她当然很高兴，这说明罗伯特对父母的爱情很有信心：尽管它已名存实亡，他还是能感受到那份爱。不过，没有他在身边还是感觉有些怪。记得像托马斯这么大的时候，他还经常和父母玩你跑我追、躲猫猫的游戏。即便在当时，他都比托马斯更内敛、更爱想心事。一来，他生活在一个托马斯无法想象的纯净世界；二来，他还是个未曾改变的雏形。托马斯则不同，他会从错误中吸取教训，并在随后的憧憬中不断进步。

“我受不了了。”说着，托马斯开始从椅子上往下爬。

玛丽向米歇尔挥挥手，可她正忙着招呼别的顾客。不过，幸亏她事先藏好了一盘薯条。要是早点被托马斯看到，那他就不吃鱼了；要是现在被看到，那他还会再坐五分钟。此刻，米歇尔没注意到她，而托马斯则在继续往下爬。

“宝贝，要不要吃薯条？”

“不要，妈妈，我不要。哦不，我要吃薯条。”他马上改口道。

他的身体往下滑，下巴不小心磕到了桌面。

“妈妈抱抱你。”说着，他张开了手臂。

玛丽把他抱起来，放到大腿上，轻轻地摇晃着。每次受了伤，他都会改口称自己为“你”，尽管六个月前他就已经学会正确使用第一人称单数。要说以“你”自称，其理由还是很充分的，因为别人不也都这么称呼他吗。同样的，他管别人都叫“我”，因为他们也的确就是这么自称的。然后，过了一星期，“你要”就变成了“我要”。他现在所做的每一件事——对危险事物的痴迷，对物质的占有欲，对常规的反叛，对自立的渴望——无不反映了这一剧烈的转变：从“你”到“我”，从父母的视角到个人视角来看待自己。然而此刻，他却在经历一场语法能力的倒退；他想重新做回那个“你”，做回妈妈的乖宝宝。

“这事很难办，因为人活着靠的就是意志。”这是昨晚莎莉对她说的，“你干吗要摧毁他的意志？现在的母亲都爱这么干。意志被摧毁了——这才称得上‘好’。”

莎莉是玛丽的美国闺蜜，她最亲密的盟友。她也听过很多没用的育儿忠告，也决心全力支持自己的儿女，不让自己的成长经历阻碍孩子的自由发展。但这一举动却招致了很多非议：别再光受气不出声；别让孩子爬到你头上；别让身材走样；要让老公一直开开心心的；千万要学会“留一手”；多参加聚会，整天跟孩子待一起会把你逼疯的；把孩子交给别人带，写文章告诉大家女性不该为此感到内疚，而且只有这样，自尊心才会增强；不要什么都惯着孩子；让小祖宗哭去吧，哭到睡着为止，知道哭没有用，他自然就不哭了；总之，孩子就爱你给他划个界限。除了这些非议，还有不少让人匪夷所思的谣言：千万别用扑热息痛，千万要用扑热息痛，扑热息痛会抑制顺势疗法，顺势疗法不管用，顺势疗法只对某些病有效；琥珀项链能治牙疼；出疹子可能是对牛奶过敏，也可能是对小麦过敏，或者对空气质量过敏，过去十年里，伦敦的污染程度足足翻了五倍；没人知道怎么回事，很可能过段时间自动就好了。此外，还有各种不怀好意的攀比、明目张胆的谎言：我女儿总是一觉睡到大天亮；她出生才三个星期就不用纸尿裤了；他一直喝母乳，喝到五岁才停；我们家运气好，两个孩子都被“橡果”[1]录用了；她最要好的同学是茜拉·布莱克[2]的孙女。

其实，这所有的干扰都可以忽略，但玛丽还是得克服自己身上的问题，克服过度补偿的心理，克服疲息、焦躁和恐惧，克服依赖和自主之间的紧张关系，这是她和孩子共同的问题，她已经认识到却又无暇顾及。然后，她也许该回到爱这种本能

1 即“橡果电脑有限公司”（Acorn Computers Ltd.），其产品曾在英国市场红极一时。

2 茜拉·布莱克（Cilla Black，1943—2015），英国著名歌手、电视节目主持人。

的源头，坚定不移，而且要身体力行。

她感觉莎莉和自己处境相同，两人必须携手相助。昨晚莎莉发来一份传真，她还没来得及看。她从传真机上撕下信纸，顺手塞进了背包。也许要等托马斯睡着再拿出来看吧——趁这个空当，生活的其余部分才能得到妥善的安排。可是，一旦等托马斯睡着了，通常她自己也会困得不行，所以说，她终究无法跳脱儿子的节奏，无法做一点不同的事情。

薯条已经对托马斯失去作用，他又开始从椅子上往下爬。玛丽抓住他的手，让他带路，回到他刚才爬过的那个台阶。于是，母子俩便手牵手一起走上了“玫瑰步道”。

“这么走好舒服啊。”托马斯说。“咦，”他突然在一排枯萎的仙人掌前面停下了脚步，“这叫什么？”

“这是一种仙人掌，宝贝。具体叫什么我也不知道。”

“可我想知道。”托马斯说。

“咱们等回到家查书吧。”

“好，妈妈，等回到家……咦，那小孩在干什么？”

“他在玩水枪。”

“用水枪浇花。”

“也可以这么说，你这想法不错。”

“用水枪浇花。”他很郑重地说。

托马斯松开手，走到她前面。虽然两人始终在一起，可她经常连续几小时见不到他。有时他离得太近，反而让人看不到全貌；有时，她太专注于周围潜在的危险，根本就顾不上别的。现在，她总算能看到托马斯全貌，无忧无虑，穿着蓝色直筒T恤和卡其裤，脚步坚定，模样十分乖巧。他的脸美得让人惊讶。有时她担心，这会引来怎样的关注，他又将如何对此习以为常。她还记得托马斯在医院刚睁开眼睛的样子。那炯炯的目光，想要了解这个世界、吸收另一种知识的欲望。罗伯特出生时的氛围则完全不同，它让人感到情绪的紧张，感到有难题需要解决。

“咦，”托马斯用手指点点，“那个人在干吗？很好玩的样子。”

“他在戴潜水面罩和呼吸管。”

“那是我的面罩和呼吸管。”

“嗯，是你借给他的，你真大方。”

“是我借给他的。”托马斯说，“他可以用，妈妈。”

“谢谢你，宝贝。”

他继续大步向前。此刻他还意气风发，但大概再过十分钟，他就会体力衰竭，出现各种问题。

“要不咱们回海滩上休息一会儿？”

"我不想休息一会儿。我想去游乐场。我就爱游乐场。"说完，他拔腿就跑。

要知道，这个钟点的游乐场根本就没法待。不但攀爬的架子很危险，金属滑梯更是烫得能把鸡蛋烤熟。滑梯旁边有匹塑料小马，一串串螺旋弹簧，坐上去嘎吱嘎吱响个不停。两人来到游乐场的木门前，玛丽伸手帮托马斯拉开门。

"不，妈妈，我自己来嘛。"他突然委屈地哭了。

"行，行。"玛丽说。

"不，我要自己来。"他有些费劲地拉开门，因为门上有块金属牌，写着游乐场的八条规定，这可比玩骑马整整多了六条。两人逐渐走到一条粉红的塑胶路上，这就是所谓的跑道了。托马斯抓着弯曲的扶手，爬到滑梯顶上，然后冲到另一个出口，正对着一条很长的爬杆。玛丽赶紧跑上前想要接住他。他真敢滑下来吗？他真这么自不量力？是不是自己太大惊小怪了？这到底是所有母亲的本能，还是她自己反应过度？假装没事真的好吗？或者说，假装真的就不好吗？玛丽刚跑到爬杆底下，托马斯立即就退回到滑梯口，呲溜地滑了下去。快滑到底的时候，因为没坐稳，脑袋重重地磕在了滑梯上。由于受到惊吓，加上体力已经耗尽，他半晌儿都没有出声。然后，他涨红了脸，发出一声长长的尖叫，粉红的舌头在嘴里颤动着，两眼泛着泪光。和往常一样，玛丽感到万箭穿心般的痛。她抱起孩子，把他搂到怀里，这既是安慰儿子，也是安慰她自己。

“我要带标签的小手帕。”他呜咽着说。玛丽递给他一块“哈林顿”牌方巾，上面的标签还没掉。没有标签的手帕非但不能抚慰人心，反倒因为让人联想到标签而更加让人难过。

她怀抱着儿子，快步走回海滩。托马斯全身在发抖，人也变得很安静，他用同一只手捏着手帕、吮着拇指。冒险之旅已经结束，探索活动到达了极限，并最终以唯一可能的方式收场。她把托马斯放倒在阳伞下的一张床垫上，然后自己蜷起身子躺在他旁边，闭上眼，一动不动。她发现，托马斯入睡时吮拇指的力度更大，接着，根据呼吸的变化，断定他应该已经睡着。直到这时，她才又睁开眼睛。

现在，她有一到两个小时可以用来回信、报税、联络朋友、恢复智商、做些锻炼、读本好书、想个绝妙的赚钱点子、学瑜伽、看整骨医生、看牙医、好好睡一觉。睡觉，还记得睡觉吗？曾几何时，这个词是指大段的无意识状态，长达六个八个或者九个小时。而现在，她竟然连短短二十分钟的余暇都要努力争取。这提醒她，自己已经到了筋疲力尽的极限。昨晚她一夜没睡，因为担心自己一旦睡着，托马斯就会遭遇什么不测。她彻夜顽强抵抗，就像站岗的哨兵生怕因为瞌睡掉了脑袋。现在，她真的该睡个午觉了，哪怕迷迷糊糊像宿醉一样，哪怕会陷入并不美妙的梦境。不过，她还是想先读一读莎莉的传真，以此表明自己还是个独立的女性。独立，这恰恰是她自觉薄弱的一点，甚至还不如托马斯，因为孩子可以随意试探各种极限，而她却不能。正如之前说的那样，莎莉在传真里只提到了抵达圣纳泽尔的日期和时间。不过，她还是在末尾添了一句："昨天读到这么一句话，亚历山大·赫尔岑[1]说的。'我们以为童年的意义就是长大。但其实，它应该是游戏、玩乐、做个孩子。假如我们只看重结果，那我要说，生命的意义是死亡。'"

没错，这也正是她想对帕特里克说的，当时，他们还只有罗伯特这一个孩子。帕特里克太注重塑造罗伯特的思想，向他灌输怀疑精神，有时会忘了让他去游戏、玩乐、做个孩子。而他之所以允许托马斯走自己的路，部分是因为他过分关注自己的心理生存，但也是因为托马斯对知识的渴求超越了父母的所有企图。玛丽最后瞄了一眼熟睡中的托马斯，然后闭上了眼睛。她想，有一点已经很明确，对这个孩子来说，游戏、玩乐、做个孩子和学会征服周围的世界其实是一回事。

---

1 亚历山大·赫尔岑（Alexander Herzen, 1812—1870），俄国作家、思想家，代表作《谁之罪？》《往事与随想》。

第十一章

“我的小鸡鸡呢?”洗完澡以后，托马斯躺在蓝浴巾上问。

“不见了。”玛丽说。

“哦！找到了，妈妈。”他松开两条腿。

“这下放心了吧。”玛丽说。

“嗯，放心了。”托马斯说。

他洗澡时玩得很开心，这会儿根本不想再穿上纸尿裤，那个垫料松软的牢笼。睡衣是个不祥之兆，暗示他该上床了。有时，也只有等睡着以后，才能给他穿上睡衣。而且玛丽越着急，他就越是磨蹭，总也不肯上床。

“糟糕！我的小鸡鸡又不见了。”托马斯说，“真讨厌。”

“是吗，宝贝?”玛丽发现他是在学自己说话。昨天他在厨房打碎一只玻璃杯，当时她说的正是这句。

“嗯，妈妈，我都快疯了。”

“会去哪儿了呢？”玛丽问。

“见鬼了。”他故意停顿一下，想让她知道损失有多惨重，“哦，在这儿！”他很逼真地模仿出那种失而复得的欣慰的表情，而这正是她找回一只奶瓶或者鞋子时的反应。

他在床上又蹦又跳，然后就摔倒了，在枕头中间滚来滚去。

“当心。”玛丽眼看他越跳越近，就快撞上床四周的金属护栏。

突然伸手接人是很难的，时刻留意尖角和硬边，同时还要放手让孩子去冒险，这也绝非易事。她真想立刻躺下休息，可又不能流露任何焦躁、不耐的情绪。

“我是马戏团的杂技演员。”托马斯想来个前滚翻，可身体一歪，翻倒了，“妈妈，你说：‘当心，小猴子。’”

“当心，小猴子。”玛丽乖乖地重复道。她必须给托马斯弄把导演椅来，外加一个喇叭筒。以前都是别人让他做什么，现在，终于轮到自己发号施令了。

这一整天下来，她已筋疲力尽，尤其是去过养老院以后。和托马斯走进房间的那一刻，她被眼前的一幕惊呆了，但又不得不尽力掩饰。埃莉诺一侧的上排牙齿全掉了，只剩下三颗黑牙孤悬着，像钟乳石似的。一团油腻而凌乱的头发耷在坑坑洼洼的脑袋上。说起来，她以前可是隔天洗一次头发的人。玛丽附身去吻埃莉诺，突然，一阵恶臭扑鼻而来，弄得她真想从背包里掏一片便携尿垫出来。但她必须克制住母性的冲动，尤其在一位久经考验的母性自制的斗士面前。

埃莉诺的失势与败落尤其反映在她和托马斯的对比上。去年，两个人口齿都不清楚，走路都不稳。埃莉诺掉了几颗牙，托马斯长了几颗牙，两人的数目基本持平。埃莉诺用的失禁垫越来越多，用量逐渐赶上了托马斯对纸尿裤的既定需求。但才过一年，什么都变了。现在，托马斯已经很少穿纸尿裤，而埃莉诺的需求却在不断增加。托马斯的后槽牙还在长，而埃莉诺很快就会只剩下后槽牙。托马斯跑得很快，玛丽几乎已经追不上，而埃莉诺连坐都坐不稳，很快就只能卧床。于是，爬上冰雪覆盖的山坡以后，玛丽终于在潜在对话的顶峰停下了脚步。两人都喜见托马斯的进步，这本来就是很勉强的假定，而现在，它却变成了一种隐含的侮辱。即使想到还有罗伯特，她昔日的盟友，也无济于事，因为他已成为父亲的门徒，承袭了他的敌意与仇恨。

“糟糕！”托马斯对埃莉诺说，“阿拉巴拉偷走了我的哈伦巴伦。”

因为听不懂大人说的话，托马斯经常突然语塞，也因此有时会用自己的一套语言来回答。玛丽倒也习惯了这甜蜜的复仇，而且对阿拉巴拉的出现很感兴趣。阿拉巴拉是托马斯的最新发明，他似乎扮演着一个经典角色——既和托马斯捣乱，又帮着他一同捣乱。陪衬阿拉巴拉的是一个叫费兰的人物，他代表了托马斯的良知。托马斯微笑着抬头看看埃莉诺。埃莉诺没睬他。她只是惊讶地瞪着托马斯看。她看到的不是孩子的机敏灵巧，而是自己内心最大的忧虑：不用多久，非但没人会理解她，她也将无法理解别人。玛丽见状立刻插了进来。

“他也不是只会胡扯。”玛丽解释道，“他目前最爱用的口头禅——显然受了他爸的影响——就是‘绝对无法忍受’。”

埃莉诺身体前倾了几英寸。她紧握着椅子的木扶手，忿忿地直视着玛丽。

“绝对-无法-忍受，”说完，她往后一仰，尖着嗓子轻叹道，“对。”

埃莉诺再次转身面朝托马斯，只不过，这回眼神里多了一种负耍。就刚才，他好像要刮起一场胡言乱语的风暴，迅速将她掩埋。但此刻，他却给了埃莉诺一个词，一个她完全能理解的词，一个她自己无法掌握的词，以此来准确描述内心的感受。

类似的情况还发生在另一个场合。玛丽把一份有声书的书单念给埃莉诺听，看她是否要人帮她从英国寄来。埃莉诺选书的方式和作者、类别都没有明显的关系。玛丽叽里咕噜念了一串书名，有简·奥斯汀和普鲁斯特、杰弗里·阿切尔[1]和吉莉·库珀[2]，可是这些她都不感兴趣。直到念到《纯真的考验》，她才开始点头、使劲地拍手，就像在往胸口泼水。《尘埃的收获》激起了同样的兴奋与躁动。因为受了这些意外讯息的刺激，埃莉诺突然想起事先写好的一张纸条，于是，便用一只颤抖且长满老人斑的手把纸条递给玛丽。

纸条是用铅笔写的，正体大写，字迹很淡，经辨认，原来是这么一句话："谢默思怎么没来？"

玛丽很怀疑她这么做的目的，但还是觉得难以置信。她没料到谢默思竟如此嚣张。他不但善于钻营，而且似乎总要制造"我是好人"的假象，或者让人误以为他很善良。但其实，圣纳泽尔正式转让给基金会才两周，他就把恩人像麻袋一样扔下了货车。

她还记得，帕特里克在母亲授权他签字转让时说的那句话："这些人休想轻轻松松地爬向坟墓。童年只有一次，作恶

1 杰弗里·阿切尔（Jeffrey Archer, 1940— ），英国作家、政治家，代表作《该隐与亚伯》《生而为囚》等。

2 吉莉·库珀（Jilly Cooper, 1937— ），英国作家，以其爱情小说著称，代表作《洛德郡野史》系列。

者必遭报应。”然后，他就把自己灌得烂醉。

玛丽端详着埃莉诺的脸。苦难在那上面留下了沧桑的痕迹。她眼神黯淡，像一条刚死的鱼。不过，这呆滞似乎是因为她主动想要和现实脱离。玛丽现在才明白，原来和绝食一样，牙齿的脱落也是她试图自杀的一种表态。其实，补牙是很简单的事。然而，时间一周周过去，牙齿一颗颗地掉，而她却漫不经心，完全无视医疗行业、抗抑郁药、养老院的存在，还有那残留的一点生存意志。可见，这是个多么倔强的人啊。

一种悲剧感刺痛了玛丽的心。这个女人曾经为理想、为男人抛弃了家庭，可现在，那个男人和那个理想却抛弃了她。她记得，在还能正常表达的时候，埃莉诺曾经说过，她和谢默思早已相识了“几生几世”。这其中的一世便发生在一个“斯克立格”，即某种爱尔兰海滨的小丘上。在追逐财富的早期，谢默思曾经带埃莉诺去过那地方。那是个令人难忘的大风天，他握住她的手说：“爱尔兰需要你。”埃莉诺“追溯前世”后发现，在中世纪的“黑暗时代”，她和谢默思竟然是一对夫妻，就住在他们造访过的那座小丘上。彼时，欧洲各国劫掠盛行，百姓流离失所；在一片乱世中，爱尔兰堪称基督世界的灯塔。每每想到这个，与其交情相对较浅的那些直系亲属，便会被她抛到脑后。谢默思参观了圣纳泽尔以后，同样发现法国是那么需要他，程度甚至超过了爱尔兰对埃莉诺的需要。十七世纪的时候，这宅邸是一座女修道院，而再次“追溯前世”后发现，埃莉诺还做过这里的院长（这倒是一点都不意外）。玛丽当时就在想，果然，从此名词就固定用在了形容词前。[1]更蹊跷的是，同时期谢默思正好担任当地一座男修道院的院长。就这样，两个人又被凑到了一起，然而，这次的“精神友谊”却在当地造成了很大的误会，甚至还一度闹得满城风雨。

埃莉诺把事情的原委全告诉了玛丽，就像女孩间分享秘密一样。玛丽决定不跟她争论。埃莉诺就是这样，但凡不真实的东西，她多少都有些相信。或者说，像紧急救援一样相信不可信的事物，这本来就是她慈善本性的一部分。很显然，她需要栖居在这些历史小说里，以此弥补一份失落的热情。这份热情没能在卧室里尽情挥洒（也确实已经施展不开），却在地政局得到了激动人心的演绎。当时，在玛丽看来，这一切似乎过于荒谬；可现在，她倒希望能把这层剥落的诚信的墙纸重新张贴。玛丽深知，在那极度真诚的坦白背后，其实有一种被需要的需要。

“我会去问他。”她把一只手轻轻地搭在埃莉诺的手背

1 “女修道院长”的英文 mother superior 将名词置前、形容词置后，和通常的语序正好相反。

上。虽然她还没去见谢默思，但知道他一定在家里。“也许是病了吧，要不就是去了爱尔兰。”

“爱尔兰。”埃莉诺喃喃道。

母子俩走回去取车，这时，托马斯突然停下脚步，晃晃脑袋。“哎呀，”他说，“奶奶今天身体不怎么好啊。”

玛丽喜欢他这么直率地表达同情。这孩子还没学会假装若无其事，或是对假装的人横加指责。托马斯在车上睡着了，玛丽心想，不如直接去谢默思那里看看。

“哦，原来如此，这就尴尬了。”谢默思说，“我以为有全家人陪着，她应该没那么想见我。而且坦白说，玛丽，飞马出版社催我催得很紧。他们想把我的书列入春季号的征订目录。我倒是有很多想法，只差还没写下来。对了，你觉得《心鼓灵声》和《灵鼓心声》，哪个做书名更好些？”

“我不知道。”玛丽说，“我感觉，这得看你更偏重哪个意思。”

“这建议好。”谢默思回道，“说起鼓，您母亲的进步真让人欣慰啊。她对‘收魂’的掌握就像鸭子游水，已经非常熟练。我刚收到她的电子邮件，说她还想来上秋季的加强班。”

“太棒了。”玛丽说。她担心监护器用不了，很着急。绿灯一闪一闪的，并无异样，只是她之前从没在车上用过这东西。

“我想，收魂对埃莉诺也会有很多好处。这是我真实的想法。”谢默思兴奋地在转椅上扭来扭去，正好挡住了背后电脑屏幕上的图片。那是个满脸沧桑的因纽特老妇人，嘴里叼着烟斗。“如果您母亲能和埃莉诺站在圆圈当中共同主持仪式，感应的力量会非常大。”说着，他摊开手掌，温柔地将十指交扣在一起。

玛丽心想，可怜的谢默思，他心眼并不坏，他只是个十足的白痴。有时她会跟帕特里克争论，到底谁的母亲更讨厌。凯特尔向来一毛不拔，而埃莉诺却已倾尽所有。但是，对家人而言，结果都一样。不同的是，玛丽还有继承遗产的希望，虽然希望十分渺茫。这是因为凯特尔太自私，她凡事只为自己考虑，每次一打喷嚏就急着看医生。另外，她每个月都要度一次假，以此作为对自己的“犒赏”，同时，也是为了弥补上一次度假的遗憾。帕特里克被剥夺继承权以后，在坏妈妈的比拼中无疑领先了一步。不过，谢默思正计划把凯特尔的财产也一并纳入囊中，那样的话，他的优势也就不复存在了。所以说，他会不会只是完美地假扮成一个白痴，而本性的确是个坏人？这谁也说不清楚。愚蠢与恶毒之间的关系实在太复杂，也太密切了。

“我现在感应越来越频繁。”谢默思边说边扭动着手指，“坦白说，玛丽，我也不打算再写书了。这事太费脑子。”

“我想也是。”玛丽说，“换作我，怕是连下笔都觉得困难。”

“哦，我倒是已经写好了开头。”谢默思说，“其实已经有好几个开头。也可以说全都是开头，你懂我意思吗？”

“伴随着每一次心跳。”玛丽说，“或者每一个鼓点。”

“对对对。”谢默思说。

托马斯醒了，监护器里传来哇哇的哭声。幸好自己离得不远，这一想，玛丽心里才踏实。

“哎哟，我得走了。”

“过几天我一定去看埃莉诺。”说着，谢默思把她送到了门口，“很感谢你分享关于心跳和活在当下的看法——这给了我很多启示。”

他打开门，摇响了一串风铃。玛丽一抬头，看见一根晃动的铜管上环刻着三个汉字。

“喜、安、福。”谢默思解释道，“三者不可分割。”

“恕我不敢苟同。”玛丽说，“我倒希望前两个可以独立存在。”

“呃，那福又是什么呢？”谢默思陪她走向停车的地点，

“说到底，就是饿了有东西吃。比如1840年代的爱尔兰，就偏偏没这个福，即便是今天，全球还有几百万人吃不饱饭。”

“唉。”玛丽叹息道，“对于1840年代的爱尔兰，我也无能为力。但我自认可以带给托马斯‘终极之福’——或者我就继续把它叫做‘午餐’，可以吗？”

谢默思仰起头，发出一阵爽朗的笑声。

“啊，那就更简单了。”说着，他若无其事地在玛丽背上摸了一下。

玛丽打开车门，把托马斯从座位上抱起来。

“小家伙怎么样？”谢默思问。

“挺好。”玛丽说，“在车里待着还挺乖。”

“我看，这一定是你照顾得好。”谢默思的手眼看就要在她的T恤上烧出一个洞来，“不过，就灵魂而言，营造一个安全的环境也很重要。其实，我们在这里做的正是这个。你看，托马斯也许已经学会了那么一点。”

“我想应该是吧。”玛丽不想吝惜对儿子的恭维，虽然这不过是谢默思在变相自夸，“小家伙学东西是挺快。”

她抱着托马斯，站到离谢默思远一点的地方。

“啊，”谢默思张开双臂，像是把两人纳入了一个巨大的取景框内，“母与子的原型。这让我想起了自己的母亲。我们八个子女全靠她抚养。话说，那时我总是千方百计想多得到一点关注。”一想到曾经的年少无知，他不禁窃笑了一声，“这在当时绝对是家庭内部的一大动能。可回过头看，让我惊讶的还是母亲的不断付出。你知道吗，玛丽，我后来得出个结论，我母亲肯定是挖掘到了宇宙的源头，吸收了原始的母子能量。你懂我的意思吗？我想在书里面写一写这个。某种程度上，这一切都和萨满的工作有关。现在，就差还没把它写下来。谁要有这方面的想法我都欢迎：就是有时候，你感觉有个力量在保佑你，而且超出了自我牺牲的程度。”

“让我想一想。”玛丽突然明白谢默思是从哪儿学来的那些小伎俩，能让母亲们乖乖地把钱财全都交给他，“而且，我现在得赶紧去给托马斯做午饭。”

“当然，当然。”谢默思说，“很高兴能跟你聊天，玛丽。我感觉咱俩已经有了感应。”

“我也感觉学到了很多。”玛丽说。

比方说，她现在知道谢默思说“过几天 定去看埃莉诺”其实是在敷衍她，言外之意，今天、明天或后天都不会兑现。对于一个名下只有几幅假画的女人，他又何必使用那些“小伎俩”呢？

她把托马斯抱进厨房，往桌案上一放。托马斯从嘴里拔出拇指，似笑非笑地看着她。

“谢默思这个人真逗，妈妈。”他说。

玛丽忍不住大笑起来。

“是很逗。”说着，她吻了吻他的额头。

“他是真的很逗啊！”托马斯这才明白她为什么笑。他眯起眼睛，想要笑得更认真些。

她一天之内见了埃莉诺和谢默思，难怪感觉这么累。全身酸痛，大脑一片空白，难怪警觉性也跌到了谷底。今天发生了一件大事，只是她还没完全弄明白。这是一次突如其来的决堤事件；当然，也只有这样，才能终止一场旷日持久的冲突。她暂时还来不及仔细琢磨，因为托马斯光着屁股还在床中间蹦蹦跳跳。

“这一跳太猛了。”说着，托马斯重又站了起来，“妈妈，我很厉害吧。”

“是的，宝贝。今晚你想听什么？”

托马斯停止了蹦跳，专注地准备下一个高难度动作。

“咱们好好聊聊棒棒糖吧。”这句话是他从帕特里克留在圣纳泽尔的一本旧书里看来的。

“乌平博士和唐宁博士？”

“不，妈妈，我不想听那个。”

玛丽从书架上取下《大象巴巴和教授》[1]，翻过护栏，爬到床上。两人照例回顾了一天的经历，然后玛丽抛出常问的问题：“咱们今天干了什么？”果然，托马斯立刻就停下来不跳了。

托马斯压低嗓子，郑重地摇摇头。

“彼得兔一直在吃我的葡萄。”他说。

“不会吧！”玛丽大吃一惊。

“麦格雷戈先生会对谢默思发火的。”

“怎么是谢默思？偷葡萄的是彼得兔啊。”

“不，妈妈，是谢默思。”

不管托马斯“学会”了什么，反正他没感知到所谓的“安全环境”，尽管谢默思吹嘘他能创造这样的环境，来开展“灵魂工作”。他所感知的是偷窃的氛围。埃莉诺在谢默思的生命里响起了幸福的风铃，但即便如此，他都不打算对她表示恭敬。那么，他又怎么会对手下败将兑现承诺呢？他的脑子里同时有很多兄弟姐妹在竞争，而他之所以选择帕特里克和玛丽，

1 畅销童书《大象巴巴》系列之一，作者是法国人让·德·布吕诺夫（Jean de Brunhoff，1899—1937）。

就是想把他们放到一场古老的竞赛当中去，让他们去打败其他人，尽管两人都没接受过突击队的训练。一个连漂浮箱都不能买给他的老太婆能有什么意义？而她的后代在八月里搅乱他的基金会，这又有什么意义？

第十二章

“我不明白，”罗伯特看着玛丽收拾行李，“咱们为什么非得离开？”

“你知道为什么。”玛丽说。

他坐在床沿上，耸着肩膀，两手垫在大腿下面。如果有工夫，玛丽会坐到他身边，抱抱他，再让他哭一会儿。可是没办法，她得趁托马斯还睡着继续收拾。

她已经两天没睡了，一半是因为失落的气氛，一半是因为离去的渴望。房子、油画、树木、埃莉诺的牙齿、帕特里克的童年、孩子们的假日：在身心俱疲的她看来，这一切堆叠起来，就像洪水裹挟的残骸。七年来，她一直在观察帕特里克的童年，就像他手里一点点松开的绳子。现在，她想逃离这鬼地方。罗伯特也认为父亲蒙受了冤屈，所以已经无可挽回，但托马斯总算还有救，可以不必卷入这场继承权的闹剧。眼下，这个家正在分裂成两半，要想让它完好如初，他们只能选择离开。

帕特里克去和埃莉诺道别。他保证不说任何无可挽回的狠话，以免从此再也见不到母亲。如果埃莉诺确实已经病危，他肯定会飞奔至病榻前，握住她的手。可再一想，这又不太现实，因为如此一来，其他人就得住进德班大酒店，在养老院为她守夜。坦白说，玛丽就盼着埃莉诺彻底退出他们的生活。

“是不是杀掉谢默思，房子就归我们了？”罗伯特问。

“不，”玛丽说，“会传给下一任的基金会主任。”

“这太不公平了。”罗伯特说，“除非让我当主任。没错！我是天才！”

“但你得管理好基金会。”

“哦，这倒也是。”罗伯特说，“但，谢默思也许会悔悟。”他立刻换了浓重的爱尔兰口音，“我必须道歉，玛丽。我不知道中了什么邪，居然想抢占你和小孩的房子。现在我总算清醒了，我想对你说，就算你打心底原谅了我，原谅我给你造成这么多痛苦，我还是无法原谅自己。”说完，他突然抽噎起来。

她知道这假哭非常逼真。自从托马斯出生以后，她还是第一次发觉，原来罗伯特才是最需要她的人。他的长处在于，他更爱用一种玩笑的态度对待世事，而不是徒劳地想去控制它——尽管这种事他也干过不少。有那么几天，他突然收起了玩心，整天祈愿、憧憬和后悔。但玛丽发现，现在他又变回来了。罗伯特很爱把耳闻的传言拼凑成生动的表演，这一点她怎么都习惯不了。谢默思是他最近很痴迷的人物，这倒也不足为奇。她太累了，所以只对他苦笑了一下，然后开始叠几天前才从行李箱取出的泳裤。一切都来得太快了。帕特里克和罗伯特到达的当天，就发现一张纸条，问凯文和安妮特能否在这房子里拥有"一点空间"。第二天早饭的时候，谢默思又亲自上门来听他的答复。

"希望没打扰到你们。"他喊道。

"哪里的话。"帕特里克说，"我还盼着你早点来呢。要咖啡吗？"

"不用了，谢谢。我啊，最近一直忙着写书，都快咖啡因中毒了。"

"那好，就让我一个人中毒吧。"

"别见外。"谢默思说。

"到底谁别见外？"帕特里克反问道，像一条没有拴住皮带的猎犬，"这个月你才是客人吧？这可得搞清楚。要知道，根据我母亲的赠与条款，八月份这房子仍然是我们的，我可不允许你随便把朋友安顿在我家里。"

“呃，要说‘条款’呢，那就离不开法律了。”谢默思说，“其实，文字上并没有规定基金会要给你们提供免费的度假。你接受不了你母亲的安排，这我真的很同情。所以来自你这一方的负面情绪，我也都可以忍受。”

“现在不是讨论我如何接受不了我母亲的安排，而是讨论你如何接受不了我母亲的安排。请不要偏离主题。”

“这两个是分不开的。”

“傻瓜看什么都是分不开的。”

“没必要人身攻击嘛。我说分不开是因为两方面都取决于埃莉诺的意思。”

“她的意思很明确。现在还不明确的是，你是否能接受不合你心意的那部分。”

“我的眼光可没这么狭隘，帕特里克。我看的是全局和整体。我认为，咱们得一起想办法，包括你和你家里人，凯文和安妮特，还有我。也许咱们可以举行个仪式，说清楚我们能带给这个社群什么，又想从中获取什么。”

“别，别再搞什么仪式。你们这些人怎么回事？干吗非得搞个仪式？坐下来谈不好吗？我十来岁的时候就住你现在住的地方，那里有两间卧室。既然房间都空着，干吗不让你朋友住呢？”

“我已经把卧室改成了书房和办公室。”

“好吧，愿上帝阻止他们侵犯你的私人空间。”

托马斯扭来扭去，终于钻出玛丽的怀抱，开始下地探索。孩子的好动越发让玛丽觉得其他人是多么麻木。帕特里克仿佛老气横秋的少年，看着令人生厌：武断，尖刻，对母亲的行为怀恨在心，私底下仍把谢默思的房子视为自己的青春期留念，毕竟，他曾在此度过六个半独立的夏天。只有托马斯，因为在这网格上还没有自己的坐标，所以才能滑倒在地，任由思绪随处飘散。而他的置身事外，也让玛丽多少能远离帕特里克和谢默思之间的争吵，尽管她也感觉谢默思已经不复往日无谓的殷勤，取而代之的是一种愠怒的暴戾。

“你知道吗？”帕特里克再次挑起话头，“在拉普兰的驯鹿牧民中，萨满头领喝吃过迷幻蘑菇的驯鹿的尿，他的手下喝他的尿，以此类推，最低等的人为了求取一点第十二代驯鹿的尿，就只能在雪地里爬。”

“我不知道。”谢默思断然地回道。

“我还以为这是你的专长呢。”帕特里克露出惊讶的表情，“总之，讽刺的是，第一滴葡萄酒、第一口大麻烟往往毒性最大。可怜的老头领左摇右晃，出一身汗，想把毒给逼出来。可伤过几次肝以后，那尿竟然没有了毒性，但致幻的力量却还在。你看，人就是这么爱慕身份地位，他们宁愿牺牲内心的平静，牺牲宝贵的时间，也拼命要获得一种完全中毒的体验。”

“听着倒挺有意思，”谢默思说，“不过，这跟我们眼面前的问题又有什么关系。”

“当然有关系：我承认我有我的骄傲，我可不甘心在这‘群体’中做那个喝最后一道尿的人。”

“你如果不想成为这群体的一分子，那也不必勉强。”谢默思平静地说。

一时间，双方都陷入了沉默。

“也好。”帕特里克说，“现在，我们起码知道你真正想要的是什么。”

“你怎么还不走。”罗伯特怒喝道，“别来烦我们。这是我奶奶的家，我们比你更有资格待在这儿。”

“大伙儿都冷静一下。”玛丽把一只手搭在罗伯特的肩上，“不管明年还来不来，我们都不会在孩子度假期间离开。至于你朋友的住宿问题，我们也许可以折中一下。如果你把办公室腾出来一星期，我们可以在离开前的最后一周让他们住进来。这总公平了吧。”

谢默思实在憋不住火，可又不便发作，心里异常纠结。

“我肯定会给你答复。”他说，“老实说，我这会儿情绪不太好，得先消化消化，然后再做决定。”

“那你回家慢慢消化吧。”帕特里克站起身，想要结束谈话，“别见外。可以举行个仪式嘛。”

他绕过餐桌，展开双臂，作势要将谢默思撵出门外。这时，他突然停了下来。

“对了，”他凑上前去，“我听玛丽说，房子一到手，你就把埃莉诺甩了。这是真的吗？她为你付出这么多，你也该抽空去看看她。”

“我跟埃莉诺的事，轮不到你来教训我。”谢默思回道。

“听着，我知道她这人不好相处，”帕特里克说，“可是，既然你俩同甘共苦，那这一点也得承受吧。”

“真受不了你这恶劣的态度。”谢默思的脸涨得通红，“我已经很克制了——”

“克制？”帕特里克打断道，“你想把两个助手塞给我们，然后把埃莉诺扔进废料堆，因为你从她身上再也榨不出什么东西。如果这也叫‘克制’，那我看这人应该先把英文学好，而不是贸然写书出书。”

“不许你血口喷人。”谢默思说，“埃莉诺和我创建了这个基金会，而且我知道，她绝不允许任何人搞破坏。依我看，可悲的是你，你不明白这基金会对你母亲有多么重要，你不知道她是个多么了不起的女人。”

“这你就错了。”帕特里克反驳道，“我为有这样了不起的母亲感到自豪。”

“好啦，这么吵也不是个事儿。”玛丽说，“大家都先冷静一下。刻薄话说多了也没用。”

“可是，亲爱的，”帕特里克说，“我们现在也只能说些刻薄话。”

事实也的确如此。玛丽知道，拯救假日的任务已经落到她头上，因为帕特里克根本不屑于此。他希望玛丽能不断想出好点子，同时又能与他同仇敌忾。而她对此既不能容忍，也不愿辜负。

在抱起托马斯的那一刻，玛丽再次感到做母亲是如何毁了她孤僻的性格。二十来岁那几年，她多半都是独居，固守着一间公寓，直到怀上罗伯特。她强烈地需要远离人潮。现在她很少有独处的时候，即使有，满脑子想的还是家庭义务。于是，被忽略的意义不断堆积，如同没有拆封的信件。她知道这是一种警示，说明她的生活未曾经过检视。

孤独是此刻她与托马斯共有的东西。她记得约翰尼引用过一句话，说婴儿“在母亲陪伴下仍是孤独”。这话她一直都记在心里。帕特里克和谢默思的争吵结束后，她坐到托马斯身边。托马斯正在玩他最喜欢的水管，管口歪向一侧，水像银弧般喷溅到地上。玛丽感到一股压力，迫使她想要去阻止孩子胡闹，让他把水浇到植物上，别把烂泥溅到裤子上。可是，她看到玩耍胡闹也是一种自由，所以终究没有屈从那压力。托马斯只是单纯爱玩水，他不计较得失，也不在乎结果。

既然盼望的离别看似无可避免，那就不妨借此怀旧一把。可是，她转头发现自己正在用一双冷眼望着花园、眼前的景物和那无云的天空。离别的时间到了。

她回到屋里，走进自己的房间，想要休息一会儿，却发现帕特里克已经瘫在床上，旁边还放着一杯红葡萄酒。

“早上你可不太友好啊。”他说。

“什么意思？”玛丽问，“我不友好。你呢，跟谢默思吵得那么起劲。”

“哎，兴奋劲儿就快过去了。”帕特里克说。

她往床沿上一坐，心不在焉地轻抚着他的手。

“还记得吗，那时候，咱们总是在下午上床？”帕特里克问。

“托马斯才刚睡着。”

“你知道这不是真正的原因。我们并没有郁闷得咬牙切齿，打算一逮到机会就跳上床：况且，这也完全不可能。”帕特里克闭上了眼睛。“我感觉像是飞奔着穿过一条闪闪发光的白色隧道……”他说。

“那是昨天，从机场回来的路上。”玛丽说。

“一根被吸干了肉汁的骨头。”帕特里克继续道，“一切都变了，不管你把那咒语对着酒吧的女招待重复多少遍。”

“我倒觉得什么也没变。”玛丽说。

“那恭喜你了。”帕特里克突然陷入了沉默，眼睛还闭着。

她是不是不近人情？该不该施舍他一次口交？她感觉，这些对关注的请求早就计算好了时间，注定不会成功，其目的是要理直气壮地继续搞外遇。假如她开始向帕特里克示爱，他会被吓破胆。又或者不至于？她在性事上从不主动，又怎能判别呢？她对这整件事已经死了心，而且也无法将此归咎于丈夫的外遇。事情发生在托马斯出生的那一刻。母子分离的力量让她忍不住惊叹。这力量蕴含着本能的权威，将她的资源从疲惫、孱弱、受伤的帕特里克转移到新生儿令人激奋的潜力上。同样的事在罗伯特身上也发生过，但仅仅持续了几个月。这一次，她的情欲生活却和托马斯紧密地归到了一起。她和帕特里克的夫妻关系已经名存实亡，虽然不无愧疚，而且有义务出席葬礼。她瘫坐在帕特里克身边的床上，出神地望着天花板，几秒钟后，她也闭上了眼睛。就这样，两人一同躺在床上，漂浮在浅睡中。

“糟了。”玛丽一边对罗伯特说，一边站起身来。刚才，她一直蹲在地上收拾衣箱。“我还没取消跟外婆和莎莉的约定。”

“这太让人失望了。”罗伯特模仿凯特尔的口吻说道。

“看你有没有猜中。”说着，她在罗伯特身边坐下，开始给母亲拨电话。

“啊，这太让人失望了。”凯特尔说。玛丽捂住话筒，努力地憋着笑。“被你猜中了。”她轻声对罗伯特说。罗伯特得意地举起双臂。

“要不，你还是来吧？”玛丽对母亲说，“谢默思很想见你，貌似比我们更想见你。这就很说明问题了。”停顿很久以后，她补充道。

莎莉说她会来伦敦看望全家，而且认为这是个“大好消息”。

“在外人看来，那地方就像个漂亮的钟形玻璃罩，里面的空气正在一点点被抽光。你得在还没爆炸以前赶紧逃出来。”

“她替我们感到高兴。”玛丽说。

"哎呀，"罗伯特说，"我希望她也没了房子，那咱们就能替她感到高兴啦。"

帕特里克回来了。他在塞满的衣箱上扔下一张纸条，然后一屁股坐到门边的椅子上。玛丽捡起纸条，发现又是埃莉诺写的条子，同样的铅笔字，同样很淡的字迹。

我在这里的工作已经结束。我想回家。能帮我在肯辛顿找个养老院吗?

她把纸条递给罗伯特。

"很难说这上面哪句话最让我开心。"帕特里克说，"埃莉诺要是搬回肯辛顿住，用不了一年，她那点可怜的非萨满资本储备就会消耗殆尽。然后，她要是还想赖活着，你猜谁会来维持她在皇家自治区[1]的生活?"

"我喜欢那个问号。"玛丽说。

"埃莉诺最天才的地方在于，她能让我们情绪和道德的冲动陷入彻底的冲突。我做的事明明是对的，但她却让我一次又一次地痛恨自己。她能把美德变成对自身的惩罚。"

"我看咱们得瞒着她。她要是知道谢默思只对她的钱感兴趣，恐怕会受不了打击。"

---

1 即肯辛顿所属的肯辛顿-切尔西皇家自治区（the Royal Borough of Kensington and Chelsea）。

“干吗要瞒着她？”罗伯特问，“她活该。”

“听着，”帕特里克说，“我今天看到的埃莉诺已经被吓怕了。她怕孤独地死去，怕家人跟谢默思一样抛弃她，怕自己变成不中用的废物，怕糊里糊涂变成她母亲的翻版，怕面对苦难时信仰是否可靠，怕所有的一切。如果我们同意她的请求，她就能从慈善转向家庭。说到底，这两样都已经不管用，可一旦转向，她也许还能在下地狱前得到一点安慰。”

大家都陷入了沉默。

“希望不是地狱，而是炼狱吧。”玛丽说。

“这方面我不太熟，”帕特里克说，“但是，如果炼狱里受的苦使人升华而不是堕落，那我看这希望应该不存在。”

“也许，至少对我们来说是炼狱吧。”

“我没听明白。”罗伯特说，“奶奶是要来跟我们住吗？”

“不是住公寓。”玛丽说，“是进养老院。”

“然后让我们出钱？”

“还没呢。”她回道。

“这么说，谢默思岂不是完胜了嘛。”罗伯特说，“房子归他，瘸子归我们。”

“她不是瘸子，”玛丽说，“她是病人。”

“哦，对不起，”罗伯特说，“这区别还挺大。咱们运气不错。”然后，他就开始模仿主持人的口气，“今天的幸运者，来自伦敦的梅尔罗斯家庭，将获得丰厚的一等奖。这位了不起的病人不会说话，不会走路，而且还控制不了肠胃。”说完，他发出热烈的欢呼声，然后又换了一种郑重而诚挚的口吻，“谢默思，都怪你运气太差，”他伸手搂住一个假想的参赛者，“你表现得很好，可最后，在‘慢死’环节中败在了他们手下。但是，你也不会空手而归，因为我们要把法国南部的这座小村送给你。三十英顷上好的林地，一座超大的游泳池，几个可供孩子玩耍的花园……”

“太棒了。”玛丽说，“这都哪儿冒出来的消息？”

“我看谢默思还不知道吧。”帕特里克说，“埃莉诺让我念他寄来的明信片。他说等家人都走了，他会来看望她。所以说，他到现在都还没去看过她。”

“那她看样子是否会因此改变主意呢？”

“不会。”帕特里克说，“她只是笑笑，把这张字条递给了我。”

“是很敷衍的笑呢，还是很灿烂的笑？”

“很灿烂的笑。”帕特里克说。

“这比我们想的要糟糕。”玛丽说，“她不仅在回避谢默思的真实动机，而且又做出了一项牺牲。她只留给谢默思一样东西，那就是她的离开。这是无条件的爱[1]，通常如果有可能，人们只会把它留给孩子。但就这件事来说，被牺牲的反而是孩子。”

“而且还散发着基督教的恶臭。”帕特里克说，“做个有用的人，同时证明了她的一文不值——一切都是为了受伤的自尊心。如果留在这儿，她肯定会注意到谢默思的背叛，但这样，遭受背叛的人就会变成我们。我无法原谅她的固执。行上帝的旨意可不是要人变得固执。”

“她不能说也不能动，”玛丽说，“可你看她有多大的威力。”

“是啊。”帕特里克说，“和人生两端的哭喊与呻吟相比，这中间所有的絮叨实在无足轻重。我快要疯了：咱们竟然受着一个又一个暴君的摆布，更何况他们还不会说话。”

“那我们明年去哪儿度假？”罗伯特问。

“去哪儿都行。”帕特里克说，“我们再也不用被囚禁在这风景绝美的普罗旺斯。我们要跳出这张明信片，我们要出发上路。”他坐到床上，挨着罗伯特，“波哥大！布莱克浦！卢

---

1 无条件的爱（unconditional love）是基督教的核心概念之一，是指上帝对人类无条件、无差别的博爱。

旺达！展开想象的翅膀。想象短暂的夏季在阿拉斯加冰原的壶穴间突然而至。这时节的火地岛美极了。不用跟别人抢海滩，除非那些憨憨的肥海狮来找茬。至于地中海，脚踏船，果木窑烤披萨，更是不在话下。世界是我们的牡蛎[1]，一切充满了无限可能。”

“我讨厌牡蛎。”罗伯特说。

“也对，我在那上面栽过跟头。”帕特里克说。

“那你想去哪儿？”玛丽问，“你想去哪儿都行。”

“美国。”罗伯特说，“我想去美国。”

“好哇。”帕特里克说，“照传统，欧洲人走投无路的时候，不都是往美国跑吗？”

“咱们可不是走投无路，”玛丽说，“咱们是终获自由。”

1 引自莎剧《温莎的风流娘儿们》，喻指一个人可以随心所欲，或者事物有无限的可能。

2003年8月

第十三章

美国会跟他想的一样吗？如同世界上的其他人，罗伯特的大半辈子也生活在铺天盖地的美国影像里。也许他已经想象过这个地方，所以什么都不会看见。

飞机还停在希思罗机场的时候，他就有了第一个印象——一种歇斯底里的松软的感觉。过道里来往的乘客被一个红发女人挡了路。她太胖，膝盖以下全是松弛的肥肉。

“不行，我进不去。”她喘着气说，“琳达让我靠窗坐，可我挤不进去。”

“那你坐里边，琳达。”胖墩墩的父亲说。

“爸！”琳达说。谁让她块头最小呢。

这场景倒也并不陌生，他在伦敦各个景点都见过：一种特别温和的美式肥胖；不是饕客身上来之不易的赘肉，也不是卡车司机的满身肥膘，而是那种让人惴惴不安的脂肪，长在那些立志成为人体气囊的人身上。要是哪个神经病没带花生米，然后劫持了他们的巴士，那该怎么办？所以说，最好现在就备一点在身上。要是发生恐怖事件，别的可以不管，总不能让自己挨饿吧？

终于，“气囊们”把自己塞进了座位。罗伯特从没见过这样模糊的脸，硕大身体上张贴的一张张素描。就连父亲相对立体的五官，看着也那么像融化的蜡烛。“气囊夫人”想要挤进靠过道的座位，一转身，发现面前已经堵了整排的乘客，于是，那淡褐色的眸子里便流露出疲惫而浑浊的眼神。

“谢谢大家这么耐心。”她喘息道。

“这人真不错。我们什么也没做，她倒要感谢我们。”父亲说，“也许，我该感谢她身体这么灵活。”

母亲瞪了他一眼，以示警告。原来，他们就坐在“气囊”家族的后一排。

“待会儿起飞的时候，你得把扶手放下来。”父亲警告琳达。

“这几个位子我和妈妈分着坐。”琳达咯咯地笑着说，“我们的屁股在膨胀！”

罗伯特从座椅的夹缝里偷偷瞄了一眼前排。他很纳闷，这家人要怎么才能把扶手放下来。

遭遇“气囊”家族以后，那种松软感很快变得无所不在。

飞机抵达的那个下午温暖而和煦，在曼哈顿中城插满彩旗的矿物裂缝中，他见到一些表情僵硬的脸。但在他看来，就连这样的僵硬也像是一种怨恨的温柔，出现在希望落空的孩子的脸上。而对于期待获得慰藉的人，食物总还是有的：卖椒盐卷饼的小摊，卖冰淇淋的推车，外卖送餐服务，柜台上的一碗坚果，走廊里的零食贩卖机。他感觉一定要马上进入牛吃草的状态，并且不只是普通的牛，必须是工业养殖的牛，无须等待也不允许等待。

在“橡树酒吧”[1]里，罗伯特看见一排蘑菇般苍白而松软的男人，全都穿着宽松的卡其裤，站在雪茄柜前。他们仿佛假扮成男人的演员，偷偷地笑，悄声地说，像男学生一样等着被老师抓，等着被责令扔掉塞在领尖钉有纽扣的浅色衬衫下的软垫，脱下头上的塑料帽（因为戴着很像秃子）。看着他们的一举一动，罗伯特感觉自己更像个成熟的大人。他看见邻桌的老太太用搽了粉的嘴唇包住鸡尾酒杯的边缘，熟练地将粉红的液体吸入口腔。那样子就像一只骆驼拼命在遮掩它的牙套。而在窗口那只黑陶碗的凸面反射中，他则看到人们来来往往，黄色出租车突然涌现又疾驰而去，公园的马车转动着轮子渐渐靠

1 橡树酒吧（Oak Bar）位于纽约著名的“广场大饭店”（Plaza Hotel）内，1945 年开始营业。

近，然后又渐渐远去，直到变得像腕表那么点大，并最终消失在眼前。

公园里阳光明媚，空气很暖和，到处是肩膀上搭着无袖衬衫和夹克的游人。罗伯特感觉初来乍到的警惕心正在被疲惫感一点点削弱，纽约给人的新鲜感正在被一点点冲淡。在他看来，伦敦的公园似乎更注重自然之美，中央公园则更强调消遣娱乐。在这里，每一寸土地都是为取悦人而设计的。煤渣小道蜿蜒在丘陵和平原之间，经过动物园和溜冰场，经过静谧的地段、运动场，还有数不胜数的游乐场。溜旱冰的人戴着耳机，追逐着各自的音乐。少年们在爬铜灰色的小土丘。吹笛人悠扬的乐声在桥洞里沉闷地回荡。当笛声在身后渐渐消逝，紧接着，旋转木马那边又传来嘟嘟的响声，刺耳又单调。

“妈，你看，旋转木马！”托马斯喊道，“我要骑马，一定要骑。受不了啦。”

“好吧。”父亲憋着火叹气道。

罗伯特被委派带领托马斯去坐一次木马，跟他骑同一匹马，把皮带勒紧他的腰。

“这是真的马？”托马斯问。

“对。”罗伯特回道，“这是一匹美国大野马。”

“那你学阿拉巴拉，说：‘这是一匹美国大野马。’”托马斯说。

罗伯特照着弟弟的意思说了一遍。

“不对，阿拉巴拉！”托马斯晃动着食指厉声说道，“这是匹旋转木马。”

“哎哟，不好意思。”罗伯特说。话音未落，木马已经开始旋转。

不一会儿，木马就飞奔起来，几乎有点太快了。他怎么都没料到，拉考斯特居然有这样的旋转木马：奋蹄、呼啸的骏马，漆红的鼻孔，粗壮的脖子，回首望着公园的方向。他现在是在另一片大陆上。酒桶上的小丑像是都被震耳欲聋的音乐逼疯了。他发现，头顶没有漆成天空的图案，没有点缀的彩灯，有的只是一根根涂满油脂的铁棍在转动。光秃秃的机器猛烈转动着，一看就是典型的美式风格。他也不知道这是为什么。也许美国的一切都有这个本事，让你一望便知这是在美国。在这里度过的第二个下午，他的身体被骗了；同样，每一次惊喜也都予人以典范的感觉。

离开旋转木马后不久，他们碰到一个很活泼的中年妇女，正俯身逗弄她的小狗。

“想不想喝卡布奇诺？”听口气，想必这是非常大的诱惑。“准备好喝卡布奇诺了吗？嘿！嘿！”她兴奋地拍着手掌。

可是，那狗却扯着皮带拼命往后退，仿佛在说：“我是矮鬃犬，我不喝卡布奇诺。”

“它一看就不想喝嘛。”父亲说。

“嘘——”罗伯特阻止道。

“我想说，”托马斯背靠着手推车，从嘴里拔出大拇指，“我认为它一看就不想喝嘛。”他咯咯地笑了，“我想说，这也太夸张了。小狗狗根本就不想喝卡布奇诺！”说完，他又把大拇指塞回嘴里，转而玩起了小手帕上那条光滑的标签。

又过了五分钟，父母俩正准备回宾馆，这时，罗伯特发现前方有一片水，于是便跑了过去。

“看，”他说，“是一个湖。”

由于造景的缘故，远望对岸的湖水，仿佛在拍打着西区的一座双塔形摩天楼的底部。而就在这凿孔悬崖的凝视下，身穿T恤的男人们正在奋力将金属小船划过芦苇丛生的小岛，女伴们在互相拍摄划桨时的笑容，孩子们则穿着蓝色救生衣，个个胖嘟嘟的，纹丝不动。

“瞧。”罗伯特说。眼前这一幕看似极为典型，只是他不知该如何表述。

“我要到湖上去。”托马斯说。

“今天不行。”父亲回道。

“我要嘛。”他哭嚷着，泪水瞬间在眼皮上凝成了泪珠。

“好，咱们去遛一圈。”父亲一把拽住手推车，冲过竖立着青铜雕像的林荫大道。托马斯逐渐忘了吵闹，嘴里不断喊着：“快！快！快！”

等家人追赶上来的时候，父亲正附身撑在推车的扶手上，大口地喘着气。

“这甄选委员会的本部想必是在爱丁堡。”他上气不接下气，用头指着高大的罗伯特·彭斯和沃尔特·司各特[1]的雕像，被文豪的天才压得直不起腰来。再往前看，略远处还有座莎士比亚的雕像，很刻意地穿着古装，但尺寸却要小很多，样子也比较活泼。

他们住的“丘吉尔宾馆”不提供客房服务，所以父亲只好出去买水壶和一些“基本必需品”。等他回到宾馆，一张嘴，罗伯特就闻到了威士忌的味道。

“我的天，”说着，父亲从购物袋里取出个盒子来，“说是出去买水壶，结果居然买回来一个‘旅行热饮机’。”

像琳达和她母亲的屁股一样，语言似乎也会尽力占据更多

---

1 罗伯特·彭斯(Robert Burns, 1759—1796)、沃尔特·司各特(Walter Scott, 1771—1832)均为著名的苏格兰文学家。

的空间。罗伯特眼看父亲从牛皮袋里掏出茶和咖啡，还有一瓶威士忌。酒已经喝过。

“瞧这窗帘，太脏了。”父亲看见罗伯特正在打量瓶子里还剩多少酒，“在纽约，之所以到处能呼吸到干净、清新的空气，原因就在于我们屋里这些特殊的污染过滤器。过滤器把空气里的灰尘全都吸了进来。莎莉说，这地方的装饰和家具会‘让你逐渐上瘾’——而这却正是我担心的。所以，尽量别碰它们。”

本来，罗伯特住什么宾馆都特别兴奋，可这一来，他也开始对周遭投去异样的眼光。一条鼠腹般粉红的中式地毯，当中有朵形似图符的团花。旁边是法国外省风格的沙发和扶手椅，看着就很油腻。沙发上方，明黄色的墙上挂着一幅壁毯，画中有些印第安女人在井边跳着舞，姿势十分僵硬，前方还有几头奶牛。壁毯对面是一大幅油画，画着两个跳芭蕾的女郎，分别穿着柠檬黄和淡粉色的舞裙。浴缸上有很多小坑，就像月亮的表面。水阀上镀的铬已经变成灰色，釉面上有很多斑点。如果踏进浴缸前你并不想洗澡的话，那出来后肯定得洗一洗。再就是他父母的房间。此刻，托马斯正在床上上蹦下跳，一边喊着：“快看我！我是太空人！”这房间的窗户很别扭，底下几英尺的地方正好是一套生锈的空调系统，轰隆隆响个不停。至于客厅，晚上他要跟托马斯在这儿一起睡沙发床（或者换他爸爸来睡，因为托马斯经常会霸占妈妈的床位）。在这里，你能饱览那覆盖着邻近大厦的石膏夹心纸板。

“活像住在了采石场。”说着，父亲往酒杯里倒了些许威士忌。他大步走到窗前，拉下灰色的塑料百叶窗帘。可是没想到，窗帘上的横杆竟然咣当一声砸在了客厅的空调上。

“见鬼了。”他说。

母亲见状大笑。“反正就住几个晚上。”她说，“走，出去吃饭。这下，托马斯不会再犯困了。他在飞机上睡了三个小时。你怎么样，宝贝？”她问罗伯特。

“我马力足着呢。妈，我可以喝可口可乐吗？”

“不行，”母亲说，“你已经够兴奋了。”

“苹果和肉桂味。”父亲一边喃喃自语，一边继续取出买来的东西，“我找不到燕麦味的燕麦、苹果味的苹果，只找到了苹果味的燕麦。至于肉桂，当然得配合牙膏一起使用。谁要是稍不留神，可能就会错把燕麦当成牙膏，或者挤一碗牙膏当早饭——而且还一点都不察觉。这就已经快把人给逼疯了。要是不含添加剂的话，怕是更要吹到天上去了。我看见一袋甘菊茶，包装上写着‘不含咖啡因’。难道甘菊里也含咖啡因？”说着，他取出最后一袋东西。

“晨雷牌[1]。”母亲说，“怎么，嫌托马斯还不够吵吗？”

“亲爱的，那是你的问题。你以为托马斯可以代替一切：茶、咖啡、工作、社交……”他默不作声，任由名单继续往下，然后迅速将那句话隐藏在一般评论中。“‘晨雷’可是很文艺的名字，这不，下面还有一句名言呢。”他清清嗓子朗诵道，“‘**美国人通常诞生于异乡的天空之下，身处不断变换的场景之中，他被周身的激流推搡着，根本无暇留恋什么。他只会渐渐顺应变化，并最终将其视为人的常态。他愈感到变化的必要，就愈迷恋上变化；因为在他看来，变化无常并不预示着灾难，而只会催生一个又一个奇迹。**’——阿历克西·德·托克维尔。”

“你看，”他抚弄着罗伯特的头发，“‘马力充足’完全符合这个国家的国民性，至少在1840年，或者前后一段时期。”

托马斯爬到餐桌上，桌上有一圈防护玻璃，比桌面窄一英尺左右，桌边上露出一截聚酯纤维的紫红色桌布。

“走，咱们出去下馆子。”母亲一把将他搂进怀里。

在电梯的轿厢里，罗伯特感受到一种近乎暴虐的沉默，是因为父母的相对无言，也是因为那头骨嶙峋的电梯操作员，因

---

1 晨雷（Morning Thunder），美国喜乐公司（Celestial Seasonings）出品的一种袋泡醒早茶品牌。

为他的精神病所散发的香味。他竟自豪地宣布这电梯安装于1926年，而不是像罗伯特期待的那样表示歉意。在罗伯特看来，有些东西是老的好——比如恐龙、行星——但电梯最好还是崭新的。一家人迫不及待，想要逃出这红丝绒的铁笼。这时，那疯子一拉黄铜把手，电梯突然在底层附近摇晃起来，直到最后停在了低于大堂仅一两英寸的地方。

天色渐暗，他们走过亮晶晶的人行道，街角的下水道里冒出热气，巨大的格栅取代了铺路的石块，一眼望不到头。罗伯特不想因此露怯，但走在这上面多少有些勉强。他想让身体变得轻一点。地心引力似乎从没像这样强大过。

“人行道怎么亮晶晶的？”他问。

“天晓得。”父亲说，“很可能是加了铁粉，或者捣碎的引句。要不就是其中的咖啡因刚被过滤掉。”

“维纳斯披萨”门口的橱窗里陈列着几张泛黄的剪报，还有一块手写的牌子，“上帝保佑美国兵”。可是，对正在后厨烹制的食物有多难吃，它却讳莫如深。这里的沙拉和披萨，所用原料似乎很契合无脑扩张的精神，而这也正是罗伯特从希思罗机场开始一路上的见闻感想。正常情况下，你会先点羊乳酪、西红柿，然后越过界，再点份菠萝和瑞士硬干酪。至于所谓海鲜大餐，中间往往会突然杀出一只熏鸡来，并且“以上菜品”都配有法式炸薯条和洋葱圈。

“什么都是‘让人口水直流’。”罗伯特说，“这什么意思？是说你需要一大杯水冲淡余味吗？”

母亲大笑。

“我看，这不像在形容鱼，倒像是一份警方报告，报告在谁家垃圾桶里发现的东西。”父亲抱怨道。“这嫌犯一看就是个爱吃热带水果的怪人，尤其对布里干酪和贝类情有独钟。”他用美式英语的口音喃喃自语道。

“我记得现在不叫法式炸薯条，而是改名为‘自由炸薯条’了。[1]”罗伯特说。

“重印一百份菜单得花钱，不如手写‘上帝保佑美国兵’便宜。”父亲说，“幸亏西班牙加入了志愿者联盟，否则我们可能会说，‘我这可是最高法院的煎蛋卷，边上还有自由炸薯条呢。’英式松饼可能会逃过一劫，至于土耳其咖啡，还是算了吧。你瞧他们那德行，谁还敢点咖啡喝。不好意思哦。”说完，他埋坐到了位子上，“想当初，我是那么迷恋美国，可现在她变样了，把我甩了。当然，这的确是个庞大而复杂的社

1 2003年，美国以打击恐怖主义为借口，打算出兵伊拉克，但此举却遭到法国的反对。部分美国民众出现反法情绪，甚至愤而将法式炸薯条（French fries）改称为“自由炸薯条”（Freedom fries）。

会，我也坚信它有自我修正的能力。可能力在哪儿呢？为什么会有暴乱？嘲讽？质疑？”

“嗨！”胸牌上写着“凯伦”字样的服务员招呼道，“请问，菜都点好了吗？哦，”她看着托马斯赞叹道，“你长得真漂亮。”

罗伯特被她独特的风采给迷住了，那种友好却空洞的态度。他想解除她的负担，让她再也不用强颜欢笑。看得出来，她真的很想回家。

母亲对她笑笑说：“能给我们来个维苏威烤鸡吗？不要菠萝块，不要熏火鸡，不要……”她憋不住笑出了声，“不好意思……”

“妈！”罗伯特也跟着大笑起来。

托马斯蹙蹙眉，晃来晃去，不想被冷落在一边。“我想说，”他插嘴道，“这也太夸张了。”

“也许我们该换个说法。”父亲说，“请给我们来一个加西红柿、凤尾鱼和黑橄榄的披萨。”

“就像在莱屈埃吃过的那种。”罗伯特说。

“再看吧。”父亲说。

凯伦试图努力掩饰她对食材贫乏的困惑。

“你们要莫萨里拉奶酪，是吗？”

“不用，谢谢。”

“要不要洒点罗勒油？”

“一滴也不用，谢谢。”

“那好吧。”她被这些人的固执给伤到了。

罗伯特趴在“富美家”的塑料桌布上，头枕着弯曲的臂膀。他感觉整天都在跟自己的身体争论：他想要到处乱跑，但却被困死在一个平面上；就像现在，本该乖乖上床睡觉的，可他却想着到处乱跑。墙角的电视机已经调低了音量，听不清在说什么，但又不至于寂静无声。它在房间里沿着对角线发散信号。罗伯特从没看过棒球赛，但他看过相关的电影，人类的精神在棒球场上战胜了艰难困苦。他记得在一部电影里，几个流氓想让一名朴实的球星打假球，故意输掉比赛。可最后，就在他要豁出去的时候，人群里传来一声失望的哀叹，仿佛表达了世人一切的不满，因为世间再也没有什么值得相信。于是，他便恍惚起来，回想起第一次把球打到远处的画面，直打到美国中部一片麦田里的画面。那个飞向天际的慢镜头，那种美妙的童年滋味，他永远都忘不了。他也忘不了母亲系着围裙，教育他诚实做人的画面。于是，他便奋力把球打出了场外。那些流氓看着有点像点菜时的凯伦，只是火气更大。但女友却为他深感自豪，尽管流氓就站在她的左右，因为她长得有点像他母亲，虽然身上的桃红色衣服要贵很多。观众顿时欣喜若狂，因为他们又有了可以相信的东西。然后就是一场飞车的桥段。虽然一辈子跟体育打交道，可流氓的反应能力并未因此得到磨练。在一个关键的弯道上，他们卑鄙的品行转化为拙劣的车技，于是撞车，爆炸。

电视上的流氓似乎要幸运很多，而那颗球也根本没有击中。几分钟插播一次的广告，把剧情弄得支离破碎。然后，不知从哪儿冒出五个金黄的大字“世界系列赛”，在屏幕上不停地闪啊闪。

“我们的酒呢？”父亲问。

“是你的酒。”母亲纠正道。

只见父亲咬咬牙，把刚到嘴边的话又咽了回去。凯伦拿来一瓶红酒，父亲果断地喝了起来，那句没说出口的话像是卡在了喉咙里。凯伦给罗伯特和托马斯各端来一大杯掺了几滴蔓越莓汁的冰块。罗伯特百无聊赖地抿嘴喝着饮料。真是漫长又难熬的一天啊。不光是机舱内浅褐色沉闷的气氛，还有入境时那些繁琐的手续。起先父亲打趣说，他要模仿布什总统念“国际恐怖分子”的腔调，以“国际旅游分子”自称。[1]不过，他终

---

1 在美国英语里，“游客”（tourist）和“恐怖分子”（terrorist）的发音颇为相似。

究还是忍住了诱惑。但尽管这样，护照上盖完章以后，他还是被一名黑人女性移民官带进了小屋。

“她搞不懂英国律师怎么会出生在法国。”父亲解释给出租车司机听，“她抱住脑袋，说‘梅尔罗斯先生，让我好好捋一捋你的生平经历’。我跟她说，我也正有此意；将来要是写自传，肯定会给她寄一本。”

“哦，”母亲说，“难怪让我们多等了半小时。”

“你看，人痛恨起官僚作风的时候，不是变得很懦弱，就是变得很轻浮。”

“那你下次懦弱一点吧，这样比较省时间。”

披萨终于来了。罗伯特定睛一看，感觉不妙。只见每块面饼都厚得像纸尿裤一样，即使原料已经减了百分之九十。罗伯特把西红柿、凤尾鱼和黑橄榄全刮到一个角上，弄出个两口就能吃完的迷你披萨。这跟莱屈埃的披萨完全没法比；莱屈埃的披萨面皮薄，略微有点焦，味道很好。但是因为有所期待，他也因此打开了一道通向夏天的暗门，那些一去不返的时光。

“怎么啦？”母亲问。

“我想吃在莱屈埃吃过的那种披萨。”他感到委屈又绝望，可并不想哭出来。

“哦，宝贝，妈妈懂你的心情。”她摸摸罗伯特的手，

“我知道这破餐馆很无语，可咱们在美国一定会玩得很开心。”

“哥哥怎么哭了？”托马斯问。

“他心里难过。”

“可我不要他哭。”托马斯说，“我不要他哭！”说着，哇啦一声，他自己倒先哭了起来。

“见鬼。”父亲说，“早就说应该去拉姆斯盖特[1]的。”

回宾馆的路上，托马斯坐在手推车里睡着了。“直说吧，”父亲说，“别假装大家都要睡一起。你跟俩孩子睡卧室，我睡沙发床。”

“行，”母亲说，“只要你愿意。”

“别说什么愿意不愿意。这是我必须面对的现实。”

罗伯特倒头就睡着了，可是半夜又醒了，床头的电子钟红字显示 2:11。母亲和托马斯还在睡。这时，他隐约听见客厅里有响动，走过去一看，只见父亲正躺在电视机前的地板上。

“刚才弄沙发床的时候把腰给闪了。”他一边说，一边做着仰卧撑，屁股仍然贴着地毯。

那瓶威士忌放在玻璃台上，只剩四分之一还没喝。旁边是

---

1 拉姆斯盖特（Ramsgate）位于英国肯特郡，系著名的海滨度假小镇。

一板捏皱的科迪斯止痛片。

“很抱歉选了‘维纳斯披萨’。”父亲说，“在那家餐馆吃过饭，去‘卡内基食品超市’买过东西，然后又看了几小时这有毒的无线电视，我终于得出个结论，咱们在这儿最好还是绝食。亨利·福特的食品导弹已经冲出牢笼，飞进我们张开的嘴巴，把生长激素和转基因饲料溶解在我们日渐虚弱的身体里。从此，工厂化饲养便不再止于屠宰场，而是止于我们的血液中。就算上菜并不‘快’，但账单还是会立刻送到你面前。于是，懒惰的食客只好去路边觅食。到最后，我们和那些被电刑处死、不长羽毛的鸡都躺到了同一条输送带上。”

罗伯特看见父亲眼里的血丝，衬衫上的汗渍，像打开瓶塞的酒瓶一样滔滔不绝，顿时感觉他有点可怕。他知道，父亲不是在跟他交流，而是对着自己在练习演讲。他睡觉的时候，父亲一直在脑海里徘徊，在想象的法庭上进行着刑事诉讼。

“我喜欢中央公园。”罗伯特说。

“公园是不错，”父亲承认道，“但其他地方都是开着大车的人，想着下一顿要吃什么。等我下回租车，你会发现，其实这就像一座移动餐厅，到处是小桌和杯托。这国家尽是些吃不饱的孩子，只不过身上都佩有真枪。在这儿，你不是被炸弹炸死，就是难逃维苏威披萨的毒手。真的很可怕。”

“爸，别说了。”罗伯特央求道。

“对不起。我只是觉得……”父亲像是突然有些恍惚，“我就是睡不着。中央公园挺好。这城市美得让人窒息。问题全在我。”

“威士忌也在绝食范围内吗？”

“很不幸，”父亲模仿托马斯的腔调说，“威士忌是非常纯洁的东西，当然不能卷入反腐斗争。”

“哦。”罗伯特说。

“或者照美国人的说法，这是一场关于腐败的斗争。关于恐怖的斗争；关于犯罪的斗争；关于毒品的斗争。我猜，在美国你只要是个反战者，那就必须向战争宣战，要不然，谁都不会关注你。”

“老爸。”罗伯特警告说。

“对不起，对不起。”他伸手抓起遥控，“还是关掉这毁智商的垃圾节目吧。来，咱们来读故事。”

“太好了。”罗伯特跳上了沙发床。他感觉自己开心得有点假，有点像那个凯伦。或许，这也会传染，要不，就是食物供给的哪一环出了问题。

第十四章

“哦，帕特里克，当初怎么没人告诉我们，好日子快要到头了？”南希姨妈一边翻着相册，一边问道。

“怎么，没人告诉过你们？”帕特里克说，“那太不应该了。可话又说回来，谁要是告诉你，那他的好日子肯定还没到头。其实，这得怪外婆，怪她听了你继父的鬼话。”

“你知道最糟的是什么——我想到一个词——‘邪恶’——”

“这词现在可流行了。”帕特里克低声道。

“——男人？”南希眨眨眼，没理会帕特里克的打岔，“那时候，妈妈得癌症快不行了，整天躺在家里，他就在妈妈的车后座对我动手动脚。当时，他也得了帕金森，手一直抖，抓不住东西，要是你懂我在说什么的话。妈妈去世后，他居然让我嫁给他。你敢相信吗？我听了只是笑笑，可有时想，当初真该答应他的。只过了两年，让也死了。他去世那天早上，我还没起床，只见几个小外甥雇来的工人走进我房间，硬要把梳妆台搬走。于是，我问那些穿着工装裤的野蛮人：‘你们这是在干吗？那些发刷是我的。’‘客户交代过，说是统统得搬走。’他们嘟哝着，然后把我拽下床，要把床也弄上车。”

“如果嫁给你讨厌的人，然后发现他特别恶心，那岂不是更痛苦。”帕特里克说。

“喏，你看，”南希把相册翻过一页，“这是费尔利，刚开战那会儿我们就住在这里，而妈妈还滞留在法国。想当年，这可是长岛最气派的房子。你知道吗？当时比尔舅舅有个150亩的大花园；我说的可不是农田、树林哦，虽然这些也有不少。哪像现在，在长岛有个10亩的花园就顶天了。在修剪整齐的花园里，当中有个最最漂亮的粉色大理石雕的宝座，我们经常在那儿玩‘木头人’的游戏。这宝座本来是拜占庭皇帝的……”说着，她叹了一口气，“都过去了，一切曾经的美好。”

“人世不就这样，到头来都是一场空。”帕特里克说，“先是皇帝失去宝座，然后比尔舅舅失去了他的花园家具。”

“嗯，但起码比尔舅舅的子女还有栋房子可以卖。”南希突然火冒三丈，“起码房子没被人偷走。”

“听着，这事我最有同感了。经埃莉诺这么一闹，家里经济损失最大的就数我们。”帕特里克说，“那你们跟母亲失散了多久？”他换了个比较轻松的话题。

“四年。”

“四年！”

“是这样，开战前两年，我们就已经来到美国。妈妈留在欧洲，想把值钱的好东西从法国、英国和意大利给弄出来。可直到德国入侵两年以后，她才来到美国。她和让是从葡萄牙逃出来的。我记得他们到的那天，雇了一条渔船开进纽约港。她的鞋箱还掉进了海里。当时我在想，能逃出德国人的魔爪，丢只箱子算什么，更何况箱子里只有鞋。可见，战争也没多可怕嘛。”

“那这么久没见到母亲，你们感觉如何？”

“我告诉你，埃莉诺中风前的某一年，我跟她有过一次很奇怪的谈话。她跟我说，妈妈和让来费尔利的时候，她要划船到湖心去，什么话也不跟他们说，因为妈妈把我们遗弃了四年，她非常生气。我当时听了很震惊，因为这事我一点都不记得了。我是说，对孩子而言，这本该是件大事，可我就只记得那天妈妈把鞋子给弄丢了。”

“越在乎的事记得越清楚，这怕是谁都一样吧。”帕特里克说。

“她说她恨妈妈。”南希说，“我心想，从基因上说，这应该没可能啊。”

“也许是她的基因被吓懵了。”帕特里克说，“埃莉诺一直跟我说，她之所以恨母亲，是因为母亲背叛了两个她心爱又依靠的人：她父亲和她的保姆。”

“保姆被送走的那天，我一直拦住车不让走。”南希不甘示弱。

“喏，你看——你也有反抗基因嘛……”

“不！我是在责怪让。是他怂恿妈妈，说什么我们长大啦，用不着保姆啦。”

“那你父亲呢？”

“妈妈说，爸爸的开销太大，她已经吃不消。爸爸总是乱花钱，每个礼拜都有新花样。就说阿斯科特赛马会吧，为了备战，他不止买了一匹马，而是买下了整个养马场。你知道我在说什么吗？”

“还是从前好啊。”帕特里克说，“我倒宁愿玛丽买下几十匹赛马，把我给活活气死，也不愿听托马斯吵着要买新鞋，弄得我惊慌失措。”

“你说得太夸张了。”

“我现在除了夸张还能干嘛。”

电话铃响了，南希走进书房一侧的小间，剩下帕特里克独自坐在松软的沙发上。那皮面的红相册，书脊上印着烫金的“1940”字样，已经在沙发上压出了一个凹痕。

他又想起了那个场景：埃莉诺把船划到湖心，一句话都不说。这跟她的现状很相似：卧床不起，与世隔绝。

那天，他把母亲送进肯辛顿的养老院。院里铺着很厚的地毯，暖气开得过足，感觉就像一座坟墓。第二天，养老院的主管打来电话。

“您母亲想立刻见到您。她感觉她今天就会死。”

“她这么说有根据吗？”

“医学上并没有，但她态度很坚决。”

帕特里克勉强出了门，来到养老院。埃莉诺眼泪哗哗的，觉得挺委屈，因为她有很重要的事要说。过了半小时，她终于硬挤出三个字，“今天死”，听那口气像是充满了一名母亲最终的彻悟。打那以后，她每天都要念叨半小时，哭哭啼啼的，寻死觅活。

帕特里克去找凯瑟琳诉苦。这是个很活泼的爱尔兰护士，专管埃莉诺这一层的老人。她挽住帕特里克的前臂，嚷嚷道：“她怕是比谁都要活得长。就说楼上的麦克杜格尔博士吧。那年他七十，娶了个大姑娘，才只有他一半年纪——那姑娘真不错，态度特别亲切。可好景不长，隔年老头儿得了痴呆症，送到咱们养老院。女方倒是不离不弃，每天都来看他。可哪知道，第二年她自己得了乳腺癌。也就是说，结婚才三年她就死了，而老头儿现在还住在楼上，身体可硬朗呢。”

说完，她又一声大笑，走开了。帕特里克独自站在不通风的走廊里，边上就是大门紧锁的配药处。

埃莉诺的预测当然不准确，但更让他郁闷的是，她整天自欺欺人，贪图精神的虚荣，而且还相当顽固。她自以为天赋异禀，能够预知准确的死亡时间，而这正是主宰了她一生的白日梦。后来六月里，她不小心摔倒，髋关节骨折。打那以后，她才开始变得比较现实，知道自己控制不了死亡。

她摔伤以后，帕特里克去“切尔西与威斯敏斯特医院”看望过她。

早餐医生给她打了吗啡，可她还是那么焦躁。她拼命想要下床，一连摔了好几回，右太阳穴擦出紫黑的一块，鼻子又红又肿，右眼皮泛黄，最后连骨盆也摔裂了。但就是这迫切的愿望，让她不断伸手去抓床边的护栏，不断想靠自己直起身子来。再看她那松软的白膀子，上面扎满了新的针眼，青一块紫一块，看得帕特里克好生羡慕。她咕哝了半天，只说了几句能听懂的话，就像茫茫的太平洋里突然冒出几座岛来。

“我跟人约好了见面。”说着，她再次向床尾发起冲锋。

“谁要是跟你约好了，他保证会来，”帕特里克说，“因为都知道你动不了。”

“对。”说完，她躺倒在沾了血点的枕头上。可不一会儿，她又开始往前蹿，一边哀号着：“我已经跟人约好了。”

她身体太弱，撑不了多久，所以很快就恢复原样，继续在床上慢慢地扭动，嘴里叽里咕噜，不知道在说什么。然后，就听她没头没尾地说了句“现在不了”，一边气呼呼地用两只手抹着脸，像是要哭的样子，可又因为身子虚，连哭都哭不出来。

终于，她还是哭出来了。

“我要你杀了我。”她抓着帕特里克的手，格外用力。

“我倒是想帮你来着，”他说，“可惜法律不允许。”

“现在不了。”她大声说。

“我们会尽力的。”他含糊地说。

为了在现实中寻求安慰，帕特里克端起床头柜上的塑料杯，想给母亲喂一口菠萝汁。他把手慢慢塞进最上面的枕头下，抬起她的头，把果汁轻轻送到她干裂的嘴唇边。他自觉被这温柔的举动感化了。他从没这么细心照料过任何人，除了自己的孩子。现在，老小都颠倒了，他居然抱着自己的母亲，这个奸诈、糊涂又没用的女人，而且是那么地体贴。抬头时要注意什么，怎么保证不让她噎着。只见她含着菠萝汁，一直在嘴里打转，露出惊恐又疏离的表情。他要她把果汁咽下去，而她却在努力回忆如何吞咽。

可怜的埃莉诺，可怜的小老太，她很不舒服，需要帮助，需要有人保护。帕特里克很想帮她，心里没有任何障碍，也没有任何迟疑。他目睹自己被一个身体的举动彻底征服，所有争辩与失望顿时荡然无存，他感到很惊讶。他俯下身去，吻了吻母亲的额头。

这时，走进来一名护士，发现他手里拿着塑料杯。

“你给她喝增稠剂了？”她问。

“什么剂？”

“增稠剂。”她敲敲增稠剂的罐头。

“我母亲可不想增稠。”帕特里克说，“你们不会还有‘溶解剂’吧？”

护士小姐被吓了一跳，倒是埃莉诺会心地笑了。

“溶解剂。”她附和道。

“她今天早饭吃得很好。”护士坚称。

“被批的。”埃莉诺说。

“被逼的？”帕特里克猜道。

她转过脸，露出惊恐的眼神，回答说：“对。”

“你回养老院以后，不想吃就别吃了。”帕特里克说，“这样，你能更好地掌握自己的命运。”

“对。”她微笑着低声说。

她似乎这才安了心。帕特里克也一样。他要保护好母亲，不再让她受苦。同时，他也终于开始承担起一个孝子的角色。

帕特里克发现，南希还有些别的相册，总共一百多本，全是红色皮面，从 1919 年一直延续到 2001 年。这些相册码得整整齐齐，就放在他面前的书架上。此外，屋里还有些装饰用的皮革精装书，再下面则是有关装饰艺术的书，封面同样非常光鲜。就是那两扇门——一扇通往前厅，一扇通往书房——也都摆满了书。门后的假书架上堆满了仿真书，书脊露在外面，和真书架并成一排，所以只要门一关，就让人感觉局促得快要窒息。想起上次见南希已是八年以前，然而，她那些怨恨和怀念至今都不曾消减，而这也越发让帕特里克坚定了想法，他绝不要生活在供奉于相册之内的过去——更别提南希用幻想构筑的那个世界。这么看来，要劝她活在当下已无多大必要，因为她连正视过去都做不到。南希更迷恋一个清除了不公的世界，尽管近四十年前她曾身受其害。而在帕特里克眼里，财阀统治的余晖就如同宴会后的一堆脏盘子，根本毫无魅力可言。有个东西已经死了，它的死和一种温柔密切相关：他在医院喂埃莉诺菠萝汁的时候，曾经体会过那种温柔。

见到姨妈，让他再次感叹这姐妹俩有多么不同。然而，她们极端世俗和极端超脱的态度却有个共同的源头，那就是母亲的背叛和财运的挫折。南希把这全都归罪于继父，埃莉诺则拼命想把这背叛的感觉转嫁给儿子。如此看来，虽然和姨妈见面才几个小时，他却感觉像个正在戒酒的酒鬼于生日当天收到一个鸡尾酒的调制器。

明亮的高窗外是一块很宽的草坪，草坪向下倾斜，底下有个观赏用的池塘，一座日本木桥横跨其间。他从座位上望去，只见托马斯手指着掠过水面的异禽，正想翻过桥栏，而玛丽则在一旁温柔地阻止。又或者，也许是锦鲤为这日式风格赋予了深意，要不，就是泥土里武士的铠甲在闪光。南希在装修上的用心是绝对不可低估的。与此同时，罗伯特正在池塘边的小佛塔里写日记。

嘎吱一声，几个堆放着乏味经典的书架被推开，南希回到了屋里。

“我表弟打来的电话。他可有钱啦。”听这口气，和钱接触让她浑身都来了劲。

“哪个表弟？”

"亨利。他说你下周要去他的岛上。"

"没错。"帕特里克说，"一帮穷光蛋来投靠美国亲戚啦。"

"亨利问你的孩子乖不乖。我说，家里目前还没砸碎过什么东西。然后他又问，'他们来多久了？'我说大概两小时前到的。这时，就听他说，'哦，我的天，南希，这是什么样品？我明天再打过来，听你详细说说。'全世界最贵重的迈森[1]瓷像收藏，我想，也不是每个人都有的吧。"

"有托马斯在的话，他的恐怕也保不住。"

"别这么说！"南希说，"现在连我也紧张起来了。"

"没想到亨利居然变得这么浮夸。我少说也有二十年没见他了吧；这回能来美国，也是承蒙他的邀请。年轻时，他属于那种大家都很熟悉的类型，有点反叛又有点清高。我猜，后来那反叛者被迈森的军队给打败了。缴枪不杀，这也无可厚非吧？你想想看，一群群瓷做的挤奶女工，全身闪闪发亮，越过山顶，涌入谷底，弄得亨利只好把会计报表卷起来对付她们。"

"你这联想也太丰富了。"南希说。

1　迈森瓷器（Meissen），1710年创始于德国，是享誉全球的硬质瓷品牌。

“不好意思。”帕特里克说，“我三个星期没出庭，一肚子的话都快堆成山了……”

“哎，姨妈老了，这会儿先去休息一下。过后，咱们要去沃尔特和贝丝家，我得养足了精神才好。对了，别让孩子光脚在草坪上走，也别让他们往树林里跑。最近康涅狄格州流行莱姆病，咱们这儿可能是高发区，今年的扁虱实在太恐怖。园丁想尽量把毒葛拦在花园外面，可树林他就没法子了。莱姆病很可怕。它会复发，要是不去治，连命都要送掉。这村里就有个小男孩，病得很严重，一阵一阵地发神经。贝丝每过一小时就要吃一回抗生素。她还‘自我冥想’。她说，居安思危总不会错的。”

“难怪老打仗呢，停都停不下来。”帕特里克说，“反正时髦就行了。”

“呃，你要这么说也行。”

“我真是这么想的，当然，未必会当她面这么说。”

“你千万别当面这么说。”南希生气了，“她可是我的老朋友了。再说，这条街上的女人就数她最横，你可别惹她。”

“我哪敢惹她啊。”帕特里克说。

南希离开后，帕特里克走到放酒的托盘前，为了不留下残局，他拿起一瓶“美格”波旁威士忌，连喝了几大口。然后，他倒在一把扶手椅上，向窗外望去。密不透风的新英格兰乡村看着很美，但其实，这里危机四伏，比柬埔寨的沼泽还可怕。玛丽已经拿过几本莱姆病的宣传册——莱姆是附近一个小镇的名字——所以也就不用跑出去告诉家里人。

“居安思危总不会错的。”可是，他其实忍不住想说，“平平安安才是真，除非你确实身处险境。”然而，很快他就被偏执和妄想征服了。他感觉自己无时无刻不面临着各种危险。肝萎缩，婚姻破裂，对死亡的恐惧。他怕得要死，全身都是汗，一边又对自己说，感觉不会要了你的命，你千万别相信感觉。人一旦把感觉物化以后，把它变成子弹、酒瓶和肿瘤，那感觉就是致命的。像他这样有条理的人（虽然内心极度混乱），头脑发达，爱走极端，所以急需开发一下中间地带。要是没有中间地带，人会分裂为两种状态：白天高度戒备，像猛禽在高空里盘旋；夜里涣散无助，像水母在甲板上扑腾。《老鹰和水母》，连伊索都想写的寓言。想到这里，他突然有些错乱地大笑一声，于是起身喝了一口酒瓶里的威士忌。是啊，中间地带，此刻正被酒池占据着。第一杯让他平静了大概二十分钟，然后，头脑便在夜的大地上奔驰，如同月蚀的暗剑。

他知道，这完全是一出丢脸的俄狄浦斯剧。尽管他们的母子关系经历过表面的革命，同情局部战胜了憎恨，然而，埃莉诺对他潜在的影响并未改变。他基本的存在感仍是一种自由落体运动，无边的畏怯，幽闭的广场恐惧。毫无疑问，恐惧是有普遍性的。他的两个儿子，尽管有玛丽宠着，但也有恐惧的时候。不过，那只是暂时的折磨，不像帕特里克，总感觉恐惧是他站立的地面，或者堕入的深渊；他总忍不住把这信念和母亲的自私相联系。他必须提醒自己，埃莉诺的一生可以归纳为两个字：无能。她想要孩子，但又不像个好母亲；她想写童书，但又没那个本事；她想做慈善，但又把钱送给了自私的骗子。现在她想死，但就连这也无能为力。她只能跟圣贤交流，听他们夸夸其谈，满口“人性”、“拯救”，而这些一个婴儿又怎能懂得。小孩的问题是，他们根本分不清无能与恶意；有时，半夜喝醉的他也有同样的困扰。现在，他也开始这么对待玛丽。

玛丽尽职地抚养罗伯特，但操劳一年以后，她又恢复了妻子的角色，但愿这是因为她还想生二胎吧。至于托马斯，也许是因为不想再生育，她似乎陷入了一个“圣母与圣子”的力场，极力想要保留一片净土，包括她自己再度发现的贞洁。而在这恒久而难忍的伯利恒，他则扮演那个最不吃香的角色——约瑟夫。玛丽已经完全不再关注他；他越是求关注，就越像个跟儿子争宠的骗子。他也曾转向别处，转向朱莉娅，而一旦这也不足恃的时候，他便投入了酒精的怀抱，以此麻醉自己。他必须悬崖勒马。到了这个年纪，他只能加入反抗，要不就和死神合作。年轻时总以为自己打不倒，可当假想一旦化为泡影，就连自戕的机会都不会剩下。

糟糕，这“美格”也太不经喝了。现在，他应该把酒拿上楼，把剩下的酒倒进藏在背包里的空瓶，然后溜进城再买一瓶放回去。当然，酒买回来以后，他得先喝掉一点，这样才能以假乱真，让人觉察不出来。其实，做个成功的酒鬼比什么都繁难。轰炸第三世界国家——闲人也终于有事可做了。他在屋里左腾右挪，一边念叨着：“有些人没问题。”也许，他不该在这时候喝醉。此刻，思绪在开裂，时断时续，但就在他快要掌握诀窍的时候，又被打得一败涂地。

一家人都在花园里，挺好。前厅里静悄悄的，挺好。跑上楼，关门，找出背包，把酒往外倒——弄得满手都是。把空酒瓶藏在碗柜顶上。拿上车钥匙。下楼，出大门。告诉家里人？行。不行。行。不行！上车。叮叮叮。去他妈的美国行车安全。叮叮。还不如假装暴毙更安全。千万别碰上警察啊千万别，拜托了。开上松脆、有营养的碎石路，赶快溜。自动控速，失控。值得建议的建议。越轨，逃离音节的难题，进入，进入杀机四伏的明媚乡村。最好到处都铺上路。普通公民组成的暴徒，配备了链锯和混凝土搅拌机。“我们在恐惧中生活得太久了！我们有权保护自己的家人！《圣经》说：‘野地必得驯服，百姓必辖制扁虱。’[1]”

他驾着银蓝色的“别克名使”一路游荡，学着乡巴佬的口音狂吼乱叫。根本停不下来。什么都停不下来。无法停止开车，无法停止喝酒，无法停止“3克党”[2]。他不动声色地把车并入进城的主干道，这时，眼前闪过一块鲜红的“停”车牌。他把车停在“真言”[3]酒类专卖店的旁边。叮叮叮。钥匙还插在点火开关上。他把身板往后仰，想要舒缓一下隐隐的腰痛。脊椎劳损？肾脏肿大？ “打破习惯的二分法，跳脱思维定式。”他模仿励志演说家的口吻，自以为是地咕哝道，“这不是脊椎**或者**肾脏的问题，这是脊椎、肾脏**兼而有之**的问题。跳脱思维定式！有创意一点嘛！”

这不，就在他眼前，过了铁道，游乐场上又有个**兼而有之**的问题。在一堆五彩斑斓的圆管、滑梯和秋千当中，充满感伤的美国乡村生活徐徐展开。游乐场上有几处木屑铺的降落点，非常松软，铁丝网背后则是一大片草坪，两个警察挺着

1 此系帕特里克杜撰的经文。

2 3克党（Koncrete Klux Klan）系美国3K党（Ku Klux Klan）英文名的谐音。

3 “真言”（Vino Veritas），语出拉丁谚语“酒后吐真言”（In vino veritas）。

大肚子，正在训练一只德国牧羊犬。谁要胆敢破坏新弥尔顿的治安与繁荣，这狗定会将他撕成两半。一个警察抓着狗的项圈，一个站在草坪的另一端，戴着有衬垫的护臂。牧羊犬疾驰而去，扑向护臂，猛烈地摇晃着头部。它在低吼，四周是湿润的空气，还有划破空气的孩子们的呼喊声，安全行驶的车辆的关怀与牵挂。孩子们觉得这样更安全？还是，假定自己一直身处险境感觉更踏实？第一个警察飞奔过草坪，设法拉开年轻气盛的牧羊犬，不让它死咬着同事的护臂不放。而他的同事则在草坪上挣扎着，试图说服警犬他不是变态，他是个好人。

“真言”专卖店里有三种规格的“美格”。帕特里克吃不准该用哪种来替换，于是便把三种都买了。

“还是都买比较安全。”他向店员解释道。

“谁说不是呢。”店员的热情顿时将他弹回了停车场。

他已进入另一阶段的酒醉状态。汗越出越多，心里越加难过，反应也更迟钝了。他需要酒和大量的咖啡，兼而有之，这样才能在沃尔特和贝丝家立足，在任何地方立足。其实他很清楚，可能也默认了，那最小瓶的“美格”并不是拿来替换的。他只是想成全这一家子，才忍不住买下了这小不点。叮叮叮。他剥开仿蜡的红瓶盖，拔了软木塞。酒液在喉咙里滑落，脑海中闪现出一道火红的光线，穿透大楼的地板和天花板，到处是一片火海，到处是一片狼藉。真是太过瘾了。

“迟到的拿铁”，这咖啡馆的名字透着希望，倒也名副其实。眼前有个大杯的焦糖香草冰沙，装在透明塑料杯里，满是冰块和草莓味的掼奶油，看了让人口水直流。帕特里克经受住了诱惑，从它面前翩然走过，点了一杯黑咖啡。他沿着流水线往前移动着。

“祝您生活愉快！”皮特，一头下颌发达、金发碧眼的野兽，把咖啡从柜台的一侧推到他面前。

帕特里克还记得从前都说“祝您度过愉快的一天”，所以，这恶性膨胀的“祝您生活愉快”不免让他大吃一惊。这魏玛时期的强颜欢笑何时才能结束？他手捧大杯的咖啡，晃晃悠悠走过店堂，一边傻笑着默念道：“现在，你有了深刻而丰富的一天。”他拣了一张桌子坐下，声色俱厉地说，“祝您福星高照！”“祝大家全身高潮，”他用南方口音低声说，“金枪不倒。”因为你值得拥有。因为这理所应当。因为你是个很特别的人。毕竟，对一杯咖啡、一块难吃的小松饼，你还能有多大的期待。但愿皮特能把成就感限制在更现实的层面。“冲个澡凉一凉”或者“别把车给撞坏了”。

在炎热的停车场消失的激奋、错乱的酒醉状态，此刻又恢复了。是的是的是的。几加仑的咖啡落肚以后，谁也别想拦住他。他对面坐着一个丰满性感的医学生，粉红开襟羊毛衫，褪色牛仔裤，正低头在用电脑。她把手机放在“欣荣牌”燃气壁炉的石架上，旁边是随身听和一杯成分复杂的饮料。她坐在椅子上，膝盖抬得很高，腿叉得很开，就好像那台“惠普”电脑是她刚分娩的孩子；几张夹在《病理学》课本里的纸条散落出来，堆在桌子的边沿。一定要占有她，一定要。她的体态很放松。帕特里克直勾勾地盯着她，女学生也回看他一眼，目光宁静而平和。她微微一笑。简直貌若天仙！帕特里克把视线移开，害羞地低头笑笑。她居然这么友善，真让人受不了。帕特里克想哭。这简直就是个医生，很可能有办法让他痊愈。起先儿子会想念他，但终究会把他忘了。当然，他们也可以来同住。她显然是个无比温暖又有爱心的人。

俄狄浦斯的漩涡把他卷了进去，像一片不由自主的枯叶，一次又一次地求取安慰。有些语言把渴望和贫乏分开，而英语却把它们赤裸裸绑在了一起，并且只需一个音节：要[1]。渴望爱去填补爱的贫乏。向贫穷开战，结果反倒使人需索无度。说

1 英语单词 want（“要”）既可以表示“渴望”（desire），也可以表示“贫乏”（privation）。

起照顾人，威士忌比不过从前的母亲，现在的妻子，或者将来的粉红羊毛衫，只要他能蹒跚走到她面前，下跪，求她大发慈悲。可是，干吗要这么做呢？老鹰去了哪里？干吗不冷静地接纳这心动的感觉，并将它再度融入此刻的心境，或者更进一步，将它融入生活这一简单的事实当中？干吗不能待在原点，而非要天真地向目标冲去？他闭上眼，瘫坐在椅子上。

啊，这就是广阔的内心世界，不再追逐粉红羊毛衫，不再留恋琥珀色酒瓶，你只是眼看思绪在闪动，像闷热、拥挤的房间里开着许多电扇。他再也不急于介入那斑斓的场景，但却因此发现了跃动，发现了热情，发现他寻求的不是迷醉和性高潮，而是知识与洞见。但问题是，即便追逐对象已经改变，追逐的痛苦还是挥之不去。他发现自己正在奔向真空状态，而不是离它而去。这可不是什么小事。最后，他又开始追逐床笫之欢的蜃景，像糖浆一样甜蜜，到底还是这感觉更棒。他睁开眼。女学生已经走了。两个方向的“要”。让人晕头转向。一整个宇宙的渴求与贫乏。无尽的忧郁和悲伤。

擦地而响的椅子。迟到。家庭。茶。尽量别去想。想：别想。生气。叮叮叮。自动控速，失控。请停止思考。问的人是谁？被问的又是谁？

他把车开到门前，只见“他者”围在南希的车旁，一个个露出怨恨、恼怒的表情。

“知道我在新弥尔顿发生了什么？说了你们也不信。”他一边说，一边在想如果有人追问该怎么回答。

“我们正要出发，丢下你一个人。”南希说，“贝丝最讨厌别人迟到；谁要是迟到，下回她就不请了。”

“莫名其妙。”帕特里克说，“不对，我是说很有道理。”他当即改口道。但其实，哪种说法都没人听见，因为石子的嘎吱声、车门的关闭声都盖过了他的嗓门。他钻进南希的车，一屁股坐到后座托马斯的旁边，心想要是能带上那最小瓶的“美格”该多好啊，这一来，他就能像喝茶那样喂儿子喝酒了。坐车途中，他打起了瞌睡，虽然睡得很浅。直到感觉车速放慢，继而停止转动，他才清醒过来。他钻出车子，发现四周是连绵不断的林地。伯克希尔山[1]纵横起伏，宛如黄绿色海洋里涌起的一阵巨涛，而沃尔特和贝丝的家，一座贴着白色护墙板的房子，则像是最近处潮头上的一叶方舟。他同时感觉晕眩而闭塞。

“不可思议。”他咕哝道。

“是啊。”南希说，“一眼望去全都是美景。”

---

1 伯克希尔山（Berkshire Hills）位于美国马萨诸塞州与康涅狄格州的西部，是著名的旅游胜地。

茶会办在一个并不可靠的中景地。帕特里克一会儿觉得全身都上了釉，像电视上看到的水族馆，一会儿又觉得快要被淹死。女佣们穿着统一的制服，还有刺眼的白鞋。矮小的拉美裔男管家。褐色的肉桂甜冰茶。派克大街[1]的蜚短流长。人们正在笑谈亨利·基辛格在周四餐会上说过的某句话。

接着，开始参观花园。沃尔特走在前头，他不时松开南希的臂膀，用戴着麂皮手套的手里攥着的剪刀去修剪多余的枝条。很显然，要不是花草已经修剪完毕，此刻他是不会这么“忙活”的。实际上，他和园艺的关系，就像参加住房开工仪式的市长，剪彩是其唯一的任务。跟在沃尔特后面的是贝丝、玛丽和两个孩子。贝丝对这花园倒是始终保持低调，有时还表现出极度的不满。她看见花坛边上站着一头树木修剪成的鹿，张口就说：“真讨厌！瞧着就像袋鼠。我往上面倒醋，想把它弄死。这儿的气候真是没办法：都五月中旬了，雪还是齐腰这么高。再过两个星期，我们就去越南。”

帕特里克走在队伍的最后面，想要假装他对园艺有多么痴迷：凑近了，对着一朵不知名的花儿发呆，幻想自己化身为诗

1 派克大街（Park Avenue），纽约曼哈顿市中心的一条大街，以其潮流时尚闻名世界。

人安德鲁·马维尔[1]，而不是一个臭气熏天的酒鬼，那么害怕和人交谈。于是，眼前这大片的草坪变成了一座盒子迷宫，一座树木的动物园（该死的袋鼠当然要赶出去），最后，变成了一片酸橙林。

“爸爸，看！野猪！”托马斯指着一头卷毛、大嘴的野猪青铜像。那野猪的腿看着太纤弱，根本无法支撑起松垂的大肚和长着獠牙的大头。

“对，宝贝。”帕特里克说。

对帕特里克来说，野猪始终是个法语词；他很伤心，托马斯居然也一样。整整一年过去了，他怎么还记得这个词？他是否想到了圣纳泽尔的野猪？在花园里跑来跑去，吃无花果的落叶，到了夜里，就在藤蔓下闻来闻去，想找些成熟的葡萄。不，他应该没想到。野猪只是他称呼雕像里那种动物的用词。他已经转过身，学着飞机的样子，向酸橙林疾驰而去。帕特里克的伤心全是他自己的，虽说这伤心也空洞得很。他不再对圣纳泽尔耿耿于怀；它的失去只是证明了他真正的失败：他做不了他想要成为的父亲，一个穿越过祖先的泥潭、向孩子献

---

1 安德鲁·马维尔（Andrew Marvell, 1621—1678），英国著名玄学派诗人，代表作《花园》《致羞涩的情人》。

上无私父爱的男人。他已逃离他所谓的“一区”，不再逼孩子经历自己曾经最痛恨的一切，但他至今还滞留在“二区”，辛苦地躲避着“一区”，以至于犯下了新的错误。在“二区”，是缺什么给什么。这种紧缺导致的过度补偿的热情，是最耗气伤神的。他还梦到过“三区”，感觉就在那里，翻过山顶就是，仿佛传说中一片肥沃的谷地。或许，他目前的混乱状态正是对一种不可持续的存在方式的最终弃绝。他必须戒除酒瘾，不是明天，而是今天下午就开始，等下一个时机到来的时候。

奇怪的是，这一点渺茫的希望竟然让帕特里克兴奋了起来，但行动上，他还是畏缩不前。花园之旅还在继续。酸橙林的尽头竖着一座女神戴安娜的石雕；她永远在追猎另一头的野猪。屋后，一条木屑铺成的松软小路蜿蜒穿过一片改良的树林。在粗壮的橡树和山毛榉之间有块裸露的空地，几片阳光洒落下来，在地上微微颤动着。走出树林，经过一座大棚。棚里面巨大的暖风扇吹着百子莲花，在帮助它们防寒保暖；这耗费的电量都可以满足一整座小村的需要了。大棚边上是一座鸡舍，其规模甚至超过了帕特里克在伦敦的公寓。而且奇怪的是，鸡舍内居然一尘不染。这让他不禁怀疑，这些转基因的母鸡是否跟黄瓜杂交过，然后就停止了排泄。贝丝脚踏新鲜的锯末，走在红色的加热灯下。她发现孵化箱里有三只带斑点的红皮蛋。照这么看来，一盘炒鸡蛋得要几千块钱吧。其实，帕特里克最恨这些有钱人，尤其是知道自己跟他们无缘以后。这些人常常只有个空架子。一旦丧失“购买力”，他们的欲望就会不断滋长，如同势不可挡的涌潮，残酷而又新奇。他们可以把各种情感的悭吝伪装成慷慨豪爽——“把第四座房子借来，尽管我们没机会去住。我们不能陪你，但卡门和阿方索会照顾你。不，真的，一点都不麻烦，再说，也该让这两人干点活了。我们花大价钱雇的他们，可两个人懒得啥都不干。”

“你在嘀咕什么呢？”南希问。她显然很不满意帕特里克的表现：他完全没有表达对主人的赞赏。

“哦，没什么。”帕特里克说。

“这鸡舍是不是很棒？”她在给他暗示。

“要能住这儿该多好啊。”帕特里克总算承担起他的社会职责，虽然方式有点生硬。

参观完花园以后，主人送了他们一些鸡蛋，而拜访也就此结束。在回南希家的路上，帕特里克一直在琢磨要不要戒酒。当别无选择的时候，决定戒酒是件很容易的事，但再过几分钟，他就能钻进别克车的私人贩酒店了。如果明天开始戒酒，会有什么区别吗？他知道，某种意义上，会有根本的区别。如果他继续喝，明天早上必定宿醉不醒，然后，一整天将会从酒精的麻痹中开始。不仅如此，他还想壮大花园带给他的渺茫的希望。假如他明天开始戒酒，那是因为过分的羞愧，一种下流且不甚可靠的动机。再说，“三区”该怎么办？他慌乱得不知所措，根本无法重建曾经的希望。

回到南希的书房，他望向窗外，感觉托盘里那只置换的酒瓶正在盯着他看。既然这样，倒不如把它取下来，和那些空酒瓶放一起。但就在他正要屈服的时候，南希走进房间，埋坐到他对面的扶手椅上，长吁了一口气。

“感觉咱们还没怎么聊过埃莉诺。”她说，“我都不敢问什么，因为上回见面完全被吓到了。”

“她摔伤的事你听说了吗？”

“没有！”

“她跌断大腿，住进了医院。我去看她，她就求我让她死，这以后一直没停过。我每回去，她都……”

“哎，别说了，”南希阻止道，“这怎么行！儿子杀母亲，天理难容。”

“没错。”帕特里克说，“那可是要坐牢的。”

“哎，上帝啊。”南希有些坐立难安，“这事的确伤脑筋。要是我不能说、不能动，不能看书、看电影，我也不会想要活下去。”

“我相信，帮助她解脱是对她最大的爱。”

“你可别误解我的意思。不过，也许我们该租一辆救护车，送她去荷兰。”

“到荷兰她也不会死啊。”帕特里克说。

“求求你，别说了，越说越心烦。我将来要是也这样，肯定受不了。”

“想不想喝一杯？”帕特里克问。

“哦，不，我不喝酒。”南希说，“你不知道吗？我眼看喝酒误了爸爸的一辈子。不过，你想喝就喝吧。”

帕特里克一听这话，心想将来儿子也会对自己说：“我眼看喝酒误了爸爸的一辈子。”他发觉自己虽然还坐在椅子上，但身体已经前倾。

“算了，还是不喝了。”说着，他便埋坐到椅子里，闭上了眼睛。

第十五章

玛丽简直不敢相信，一家人居然会住在汽车旅馆里：帕特里克和罗伯特睡一间——房间的地毯非常薄，她和托马斯睡另一间。杯子是塑料的，包着塑料膜，马桶坐垫也是塑料的，纸带上写着“本品已消毒”。走廊里的制冰机会不时抖动一下，喷射出些许冰块，这让她不禁想到自己的婚姻状况。一大早，她就听见高速公路上的嗡嗡声，持续不断，而且越来越密，就像是完美的配乐，呼应着她那急速流动的焦虑。大约凌晨四点，有个单词开始在她耳边滴答作响，像节拍器似的，而她也懒得伸手去把它摁停：“州际-心迹，心迹-州际。”失眠是诞生这些嘲讽小调的温床；制冰机-婚姻；州际公路-心迹。这已经足以把人给逼疯。或者，这足以阻止你发疯？也许两者之间确有联系。她简直不敢相信，一家人荷包大失血，只是为了在这美国人口流动最频繁的地方度过一段糟糕的时光。道路那么漫长，人烟却这么稀少；态度那么友好，感觉却这么冷淡；口味那么丰富，余韵却并不悠长。她很想把孩子带回伦敦，离开稀薄而忙碌的美国，重返淳厚、平凡的生活。

在假期没有结束之前，就把孩子赶出某个有趣的地方，这算是帕特里克的老传统了。去年的圣纳泽尔，今年亨利的岛。他戒酒，玛丽当然感到高兴，可是，第一个星期的反应实在太大，帕特里克简直像个烂醉如泥的酒鬼：暴躁，易怒，绝望。所有脓疮被同时切开，腰盘里满溢着秽物。亨利无疑是一场噩梦，但他毕竟是自家亲戚，最主要的，他是给孩子们提供游乐场的主人。这游乐场有自己的港口、沙滩、帆船、汽艇，让托马斯更为惊讶的是，这里竟然还有汽油泵。

“我想说，这也太夸张了，亨利居然还有汽油泵！”这句话托马斯一天要说好几回，一边说，一边还摊手、摇头。罗伯特则在忙于计算亨利的疆土，他对这里的幅员之广、卧室之多感到震惊。不过，总的来说，两个孩子玩得还挺开心。他们奔向冰冷的海水，坐亨利的快艇出海，尾随往来于公岛之间的大轮渡船。

至于其他的一切，可谓诸事不顺。第一天吃午饭的时候，亨利让玛丽把托马斯带离餐厅，因为他正在就加强以色列核打击能力的道德必要性问题发表个人演说，可是，小家伙一直学汽油泵的声音，老是打断他的讲话。

“你看，叙利亚人都吓出尿来了，活该……”亨利幸灾乐祸地说。

“卟。”托马斯喊道，“卟……”

“想必你听过一句俗话，叫做：‘小孩只能用眼睛看，不能用耳朵听。’”亨利说。

“这句话谁都听说过吧？”玛丽回道。

“我总感觉这么说还是太宽容。”亨利从衬衫里伸出脖子，表示他这句话有多么精警。

“那你连看都不想看？”玛丽突然很气愤。她抱起托马斯，把他带出了餐厅。亨利马上恢复了流畅的独白。

“偷袭珍珠港以后，山本上将[1]没有得意忘形，而是相当忧心。‘各位，’他说，‘我们吵醒了一条沉睡的巨龙。’我看，全世界的国际恐怖分子，还有支持他们的那些国家，都该把这句话好好记在心里。以色列要是有战术核武器库，而不只是核盾牌，它就可以向该地区发出明确的信号，表示它会肩并肩……”

玛丽冲到门外的草坪上，心想亨利真像个断了线的气球，而托马斯最爱鼓胀的气球在屋里盘旋，直到它泄了气，皱巴巴

1 即“二战”期间担任日本海军上将的山本五十六（1884—1943）。

的，啪嗒一声落到地上。

“妈妈，我要放气球。”托马斯用手在空中画起了小圆圈。

“你怎么知道我心里在想气球？”玛丽问。

“我就是知道。”托马斯一歪脑袋，笑了。

因为听惯了这种无厘头的话，所以玛丽早就见怪不怪。不过，她还是非常惊讶，怎么能猜得这么准。

两人很有默契，一起离开大宅，走到草坪下面的小石滩。玛丽坐在一小块银白的沙土上，周围是一片礁石，全都点缀着黑黢黢的串珠海藻。

“你会照顾我很久吗？”托马斯问。

“是的，宝贝。”

“一直到我十四岁？”

“几岁都行，只要你愿意。”玛丽说，“只要我还能……”她补充道。前几天托马斯问她会不会死，她说：“会，不过，但愿别太早。”就这样，儿子发现原来母亲也会死。本来，玛丽对死亡的威胁并不敏感，可这下，一语惊醒梦中人，她发现死神再次向自己怒视，所有原始的恐惧也随之被唤起。她厌恶死神，因为这会让儿子感到失望。为什么不能再玩久一点？为什么不能让安全感再久一点？她已恢复一定程度的平衡；她把托马斯对死亡的兴趣归因于从幼年向童年的过渡。但同时，她又在纳闷，帕特里克对这段过渡期的不耐是否导致了它的过早出现。罗伯特五岁那年经历过同样的危机，而托马斯才只有三岁。

托马斯坐在她大腿上，一手吮着大拇指，一手揉搓着手帕上光滑的标签。再过几分钟，他就要睡了。玛丽挺直身板，把体重全都集中在脚跟上，好让自己平静下来。为了托马斯，她什么都愿意做，这是她自己、任何其他人，甚至包括罗伯特在内，都不享有的特权。托马斯需要她的保护，这是显而易见的；但她也需要托马斯，因为这样才能维护她的道德感。沮丧的时候，托马斯让她想要变得乐观；疲惫的时候，托马斯让她焕发新的活力；恼怒的时候，她会尽量不要急躁。她静静地坐着，如同周围的礁石，等待，直到他进入梦乡。

不管天怎么热，这里的海都像冰柜一样，吹着怀疑的微风。好在缅因这地方不怎么好客，很快，它就会把夏季的游客全都赶跑，像赶跑沙滩上的狗一样。趁着两个冬天的间隙，北极光贪婪地闪耀在海面上。玛丽心想，这曳长的光线真像埃尔·格列柯[1]笔下身形瘦削的圣徒。一想到这里，她就动了重

1　埃尔·格列柯（El Greco，1541—1614），著名的希腊裔西班牙画家，其描绘的人物通常身形修长，具有超现实的意味，代表作《圣母升天》《托莱多风景》。

拾画笔的念头。她想再次做爱。她想再次思考，如果能先列一个单子的话。可是，不知怎么的，她已丧失了自我独立。她的存在已经和托马斯不分彼此。就像在游泳时被偷走了衣服，她不知该如何离开这烦人又美丽的水池。

托马斯已经入睡五分钟，她终于能换个比较舒服的坐姿了。玛丽背靠着草坪下方的堤岸，把孩子竖着放在腿中间，仿佛她还在分娩，而且还搞错了方向。为了遮阳，她把托马斯的手帕盖在他脸上，接着自己往后一仰，开始闭目养神。可是，思绪马上就回到了遥远的过去。她想起母亲的育儿方式，想起它对自己的影响——她总是鞍前马后、无微不至地照顾自己的孩子。她想起了保姆，她那慈祥、认真的保姆，解决了一个又一个小问题，栖身于一个幼儿的世界，没有性，没有艺术，没有酒，没有聊天的人，有的只是实实在在的爱与食物。照顾孩子的时候，她当然会想起当年的保姆。同样，她当然不要像凯特尔那样，因为她根本就没照顾好自己的孩子。所谓个性，在她看来，真是既荒谬又迷人的东西：她能看透这一切，却又无法自拔。她关于母亲和育儿的思考全纠缠在了一起，真是解都解不开。

由于某种原因，坐在这黑漆漆的海边，吹着微凉的海风，她竟然有种豁然开朗的感觉。托马斯已经睡着，再没别人知道她在哪里。几个月来，这是第一次没人对她发号施令。也因为压力突然消失，她开始体会到一家人在热带氛围里的纠缠与依赖。埃莉诺像个生病的孩子，恳求帕特里克让她“做个了断”；托马斯像个裁判，一旦帕特里克试图接近他冷淡的母亲，他就会把两人分开；罗伯特整天忙着写日记，同时和周遭保持一定的距离。至于她自己，则是位于风暴的中心；她必须予人以自立自足的印象，尽管事实并非如此。实际上，靠满足他人的无理要求来获取荣耀是无法生存的。有时，自我牺牲的热情让她自觉像个囚徒：低声下气地挖沟，然后将自己埋葬。帕特里克需要一场革命，打破亲情纠缠的桎梏，而她则需要一场革命，挣脱自我牺牲的枷锁。虽然已经承受太多，虽然已经丧失自我，但是，诉诸善良的本能只会让她越陷越深。她以为罗伯特会跟弟弟争宠，会有一大堆怨言，但其实，跟她闹别扭的却是相对不太稳定的帕特里克。在面对埃莉诺和托马斯的时候，帕特里克越发感到无助。他需要玛丽，可是，哪怕见到一点这样的端倪，玛丽都觉得恶心。事情就是这么不巧。帕特里克说她太宠小儿子，可是，假如托马斯愿意放弃某些母爱的照顾，那么，帕特里克定会趁虚而入。也许，他已经不再成熟，而是彻底烂了。也许，精神的坏疽已经开始恶化，腐败的气味让她心生厌恶。

那天晚上，她和托马斯待在一起，没有吃晚饭。就让帕特里克和罗伯特去面对亨利的餐桌演说吧。晚饭前，她坐在窗边，靠着褪色的粉红坐垫，看海水在飘窗玻璃上倒映的霞光，残阳如血，荧荧闪烁。孩子们嬉闹着，帕特里克笑吟吟地对着一杯矿泉水。那时候她就知道，她无法忍受亨利的国民演说。亨利像是在经历一场旋风之旅，从以色列出发，向东穿越几个“斯坦”国和苏联国家，然后再向人民共和国进发。她有种不祥的预感，怕他在就寝前抵达朝鲜。毫无疑问，他有很周密的计划，他会首先核平朝鲜，然后再攻打韩国和日本。可是，她一点都不想听这些。

洗完澡以后，托马斯想要爬上她的床。玛丽不忍心拒绝。于是，母子俩依偎在一起，读起了《柳林风声》[1]。河鼠和鼹鼠结束野餐，正要顺流而下，这时，托马斯终于撑不住了。当帕特里克进屋时，玛丽发现原来自己也睡着了，书还摊在腿上，眼镜都还没有摘下。

“刚才，我差点跟亨利打起来。”帕特里克握紧拳头，怒气冲冲地大步走进房间。

“哦，亲爱的。今晚谈的什么？”她问。

---

1 《柳林风声》（The Wind in the Willows，1908），一译《杨柳风》，英语儿童文学经典，作者为肯尼斯·格雷厄姆（Kehneth Grahame，1859—1932）。河鼠与鼹鼠均为书中的主要角色。

帕特里克总说，他们已经没有性爱和社交生活，彼此已经无话可说，现在，两个人只是教养孩子的官僚。此刻，疲惫不堪的她被突然吵醒，正准备跟丈夫热切地交谈。

“朝鲜。”

“我就知道。”

“你总是什么都知道。难怪连晚饭都不来吃。”

她说什么都是错的。不管做什么，帕特里克都觉得她不愿搭理他。她又努力重试了一次。

“我是说，我饭前就预感到下次会谈到朝鲜。”

“亨利也这么认为：朝鲜会是下一个目标。看来，你俩该组成一队。”

“你这是要跟他吵，还是要跟我吵？”

“我们都仰赖所谓和而不同的民主奇迹。亨利讨厌言论自由，可是，也部分因为如此，他又不便直说。他一直在唠叨，说我们没有生活在一个因言获罪、被枪杀的国家，真是幸运。”

“他想一枪把你毙了。”

“是啊。”

“好嘛，那这假期就更有意思了。”

“更有意思？不是先得有意思，然后才更有意思吗？”

“我觉得两个孩子玩得还挺高兴。”

“哦，对，这才是最重要的。”帕特里克一本正经地说，“我向亨利暗示，”他在床尾来回踱着步，继续说道，“我感觉现政府的外交政策多基于不实的推断。美国是个流氓国家，美国总统是个宗教激进主义者，它的大规模杀伤性武器是其他国家总和的几千倍，然后又说了些别的。”

“他有什么反应？”玛丽希望他接着说下去，保持他的政治攻击性。

“难以置信的笑。脖子伸得老长。假笑。让我想起‘对我们生活影响不算很小的某一事件’。我说，‘9 · 11’可是史上最为惊人的事件之一，不过，美国人对此事件的充分利用，即我所谓的‘9 · 12’，同样令人感到震惊。事发后的第二天，曳光弹被当作了‘战争’的同义词。战争是民族国家之间的行为。三十年来，英国一直非常谨慎，在与爱尔兰共和军的斗争中，它总是尽量避免使用这个词。为什么把几百个亡命之徒当作一个民族国家来对待？除非你想以此为借口，向某些真实存在的民族国家开战。亨利说：‘我觉得，普通人根本不知道两者的区别。而我们必须向美国大众贩卖一场战争。’你看，我们总也谈不到一块儿——我的指控成了他的假设，向美国老百姓贩卖战争，测试新的武器，推动军工企业的发展，用老百姓的钱来摧毁一个国家，然后，再让最受内阁欢迎的公司参与重建和其他工作。他那样地自我陶醉，所以绝不会作空洞的抱歉。”

“那罗伯特呢？”

“了不起的小小辩护人。”帕特里克说，“他提出‘无证实关联’的说法，并十分熟练地运用了‘无辜生命’的概念。他问亨利，无辜是不是美国人独有的特质。亨利还是那老一套，回答说‘是’，所以你很难抓住他的把柄。他倒是一点都不遮掩，除了在言论自由的问题上。”

“那他是怎么回答罗伯特的？”

“哦，他只说能看出来我在有意‘栽培’儿子。很明显，他当我们是地狱来的双打组，是来轮番对付他的。最让他恼火的是我最后那次轰炸任务。我说，占世界百分之二的人口消耗了百分之五十的资源，每一种非美国文化的迅速灭绝，这种种问题会带来怎样的影响，一个‘发达’国家，而不只是强国，应该好好想一想。我当时有点激动，我还说，为了给有钱人再增加一点便利，就肆意破坏大自然，这代价未免太高了。”

“说来也怪，他居然还没把咱们撵走。”玛丽说。

“别担心，明天我再试试。我会成功的。我现在知道什么会惹毛他。政治是激动人心的游戏，但金钱更是至高而神圣。”

她能看出来，帕特里克说这话是很认真的。他情绪极度高涨，恨不得搞点什么破坏，而且，这次的破坏对象肯定不会是他自己。

“先让我们安生几天，行吗？我才刚打开的行李。”她想尽量说得轻松一点。

“而且照例跟情人安排好了一切。”帕特里克说。

“我的天，居然还说你不嫉妒……”

“这不是嫉妒，这是愤怒。愤怒比嫉妒更直接。失去什么首先会让人愤怒，然后才是占有欲。”

“愤怒之前还有焦虑。”玛丽很自信地说，“反正，三种情绪你都感受到了，就算通常有一种占据着主导地位。这跟买东西不一样，你没法选择愤怒。”

“那你等着瞧吧。”

“我知道你会选择愤怒，因为愤怒不会那么让人觉得羞耻。”

“我不是选择愤怒，”帕特里克叫嚷道，“我是没有办法。”

“但和别的情绪相比，你确实更爱选择愤怒。”

托马斯听帕特里克这么咆哮，心情很是忐忑。他在床上一侧身，跟自己嘀咕起来，听不清在说什么。

“别扯开话题。”帕特里克平静地说，“照例我们又不能睡一起，因为你要陪我们三岁的儿子。”

“我们可以睡一起，”玛丽叹气道，“我可以把孩子挪到床边。”

“我想和一个女人做爱，而不是一个充满愧疚与无奈、唉声叹气的躯壳。”帕特里克唏嘘道，可是声音很低，根本就听不见。

托马斯从床上坐起来，一脸疲惫。

“爸，你别再胡说了！”他大喊道，“妈，你也别再惹爸生气！”

现在，任务已经完成，他瘫倒在枕头上，马上就又睡着了。房间里一片寂静；终于，帕特里克主动打破了沉默。

“我没胡说啊……”他解释道。

“呃，得了吧。”玛丽说，“跟孩子有什么好争的。你没听他说什么吗？他要我们停止争吵，不是跟他斗嘴。”

“当然。”帕特里克突然变得兴味索然，“那好，我就睡他的床，虽然并不清楚为什么叫‘他的’床。不如我也别装了，干脆就把它当作我的床吧。”

“你也不用这样……”

“不——我必须这样。”说完，帕特里克迅速离开了房间。

就这样，他果断抛弃了玛丽，然而，玛丽却并没有被人抛弃的感觉。她只觉得释然、愤怒、愧疚和悲痛。感情生活的云图瞬息万变，她不禁好奇，有时还会嫉妒，为什么有些人可以“无动于衷”。他们是怎么做到的？此刻，她很想知道。

晚饭前，她一直在客厅坐着。门外有块露台，连着她的卧室，筑得比客厅的飘窗还高。她走到落地窗前，想象自己推开窗，出神地望着满天星斗，感觉茅塞顿开。

但这只是空想。她的身体已经开始崩塌，开始滑入梦乡。她向窗外瞥了最后一眼，但愿自己还醒着。月亮穿过一缕薄云，叫她想起《一条安达鲁狗》[1]里的那个画面：一边是云中穿月，一边是刀片割开眼球。她的视界就是视界的尽头。难道有什么无形的东西遮住了她的眼？或者，看见了什么不可直视的东西？她太累了，什么也想不清楚。思虑不过是一种威胁，睡眠不过是清醒的废墟。

她爬上床，盖上一层单薄、破碎的休憩。不一会儿，她就

---

1 《一条安达鲁狗》（*Un Chien Andalou*, 1929），西班牙超现实主义短片，剧情梦幻，风格大胆。

听见帕特里克溜进房间。她被吵醒了，直觉帕特里克在瞪着自己，看她是不是醒着。她假装已经睡着。最后，帕特里克睡到了托马斯边上；托马斯躺在他们中间，像一把利剑隔断了一对中世纪的恋人。她为什么不能投入丈夫的怀抱？为什么不能先安顿好托马斯，然后跟丈夫睡一起？她对帕特里克已经没有爱。实际上，结婚这些年来，她第一次可以想象自己跟孩子独自在伦敦的公寓里生活，而帕特里克则在某个地方，随便什么地方，过着悲惨的生活。

第二天，回想起这件事来，她为自己的冷酷感到震惊，但很快也就习惯了。

她一向认为，有种东西可以替代这感动每个人的普通温情。现在，她要开始身体力行，就像穴居的隐士那样。她轻易挡住了帕特里克神经质的魅力攻势。要始终迎合他善变的心情，实在太累人，倒不如待在原地，以不变应万变。他早晚要毁了这难得的假期，但首先，他要让玛丽知道，自己所以和亨利争执，并不是因为怒不可遏，而是因为他秉性正直。但她还是拒绝了。到了傍晚，情况已经很清楚，帕特里克所谓和而不同的策略终于陷入了危机。

“你要再攻击我说的每句话，那咱们就没法聊了。”亨利直截了当地说，“要不，还是聊聊家庭吧。”

“这倒是个不伤和气的好办法。”帕特里克爆出一声短促的狂笑。

“你这家伙啊，跟亚西尔·阿拉法特[1]一样坏。”亨利说，“你以为和平跟认输是一回事。我这么做只是想略尽地主之谊。如果意识形态上接受不了，你尽可以回绝。”说到“意识形态”这个词，亨利轻笑了一声。对他而言，这说法简直太好笑了，就像三岁小孩听到“屁股”一样好笑。

“没错，”帕特里克说，“我们接受不了。”

“可我们想要接受。”玛丽赶紧接过话茬。

“那只代表你的看法。”帕特里克说。

“是的，”她说，“跟你不一样，我这也代表了孩子的看法。”

“是吗？今天早上托马斯还在说，亨利是个‘很有趣的人’。你也知道，罗伯特给他取过一个绰号，就叫‘希特勒’。你连昨天午饭都没上桌，我看你代表自己都够呛。”

整件事就此结束。第二天早上他们就走了。玛丽早料到帕特里克会很固执、很傲慢，胡搅蛮缠，但她还没原谅他，因为

1 亚西尔·阿拉法特（Yasser Arafat, 1929—2004），巴勒斯坦政治领袖，生前积极倡导巴以和谈。

他不该在最后的发难中把孩子给扯进来。

汽车旅馆的走廊里，制冰机一震，又抖出些冰块来，而这一切和他们的卧室仅一墙之隔。州际高速公路上，蚊子的嗡唧声已被黄蜂的轰鸣所取代。睡在一旁的托马斯动了下身体，然后和往常一样，立刻过渡到欲望充满的状态。他从床上坐起来，说："我要你给我讲个故事。"于是，玛丽便乖乖捡起那本在缅因开读的《柳林风声》。

"还记得上回读到哪儿了吗？"玛丽问。

"河鼠跟鼹鼠说，他只是一头猪。"托马斯惊讶地睁圆了眼睛，"但其实他是一只老鼠。"

"说得对。"玛丽笑了，"河鼠跟鼹鼠正走在回河岸的路上。那是十二月某一天的下午，天色渐渐暗了下来。鼹鼠闻到家的气味，心里别提有多想念了。河鼠赶回到河岸边，他自己的家，寻思着鼹鼠一定也很想去看看。然后，鼹鼠就失声痛哭起来，告诉河鼠他想家了。"玛丽把前天晚上读到的末句又念了一遍。

"河鼠直愣愣地盯着前面，一声不吭，只是轻轻地拍着鼹鼠的肩。过了一会，他沮丧地喃喃说：'现在我全明白了！我真是只猪！一只猪——就是我！不折不扣一只猪——地地道道一只猪！’”[1]

“我想说……”托马斯有话要说。

这时，只听有人敲了一下门。玛丽放下书，问门外是谁。

“哥哥！”托马斯说，“我就知道是你，因为——嗯，因为就是你！”

罗伯特坐到床上，耷拉着肩膀，没理会弟弟的推测。

“我讨厌这地方。”他说。

“我知道，”玛丽说，“今天上午我们就搬走。”

“又要搬。”罗伯特抱怨道，“自从被‘检察官’赶出他的宝岛，我们已经换过三家汽车旅馆了。”

“吃完早饭我打电话给莎莉，问她咱们能不能提前几天回长岛。”

“我不想去长岛，我想回家。”罗伯特说。

“鼹鼠闻到家的气味，他想家了。”托马斯探出身子，用手扶着哥哥的行李箱。

他们决定，如果不能直接回长岛，那就告诉帕特里克他们想回英国。

“什么天涯任我行，”罗伯特说，“得了吧。”

---

1 本段译文摘自《柳林风声》，杨静远译，长春出版社，2009年。

她打电话给莎莉，长岛那边无人接听，最后还是在纽约才找到她。

“我们也是被迫回城的，因为家里水箱爆裂，楼下套房全被水给淹了。目前邻居正在起诉我们，而我们也在起诉水管公司，明明去年才刚装的水箱嘛。水管公司正在起诉生产水箱的厂家，说是设计有缺陷。住户们都在起诉物业，尽管他们都在休假，因为已经断水两天而不是两个小时了。这给托斯卡纳和楠塔基特的居民造成了很大的精神压力。”

“我的天。”玛丽说，“拿拖把拖干净，再换个新水箱，不就行了吗？”

“你这想法太英国了。”莎莉得知她这么简朴，觉得奇怪又好笑。

吃早饭的时候，玛丽解释说，纽约的公寓其实很逼仄，但莎莉还是很欢迎他们，大家可以挤一挤。

“我可不想往里挤，”罗伯特说，“我想往外飞。”

“我们现在就在飞机上，”托马斯展开双臂作飞行状，“驾驶员是阿拉巴拉！”

“哦哦，”罗伯特说，“那我们还是等下一班吧。”

“下一班也是他。”托马斯和别人一样，也对阿拉巴拉的机智感到惊讶。

“他怎么有那么大本事？”罗伯特问。

托马斯扭头想了一会儿，该如何解释才好呢。

“他用了弹射座椅，”他一边说，一边模仿弹射的声音，“然后费兰劫住下一辆飞机，阿拉巴拉跳了上去！”

“退票会是个问题。”帕特里克说。

“要是不住这些恶心的汽车旅馆，省下的钱足够用来买机票。”罗伯特说。

“瞧这伶牙俐齿的，都亏你教得好。”玛丽说。

“现在可没人跟你吵了吧？”帕特里克说，“我感觉大家都已经对美国腻烦了。”

第十六章

自从那次摔伤以后，埃莉诺就一直寻死觅活的，弄得帕特里克只好到处打听安乐死与协助自杀的合法性问题。和被剥夺继承权那次一样，这回，他又被迫充当起母亲的法律顾问。表面上看，摆脱埃莉诺似乎比失去圣纳泽尔更吸引人，可是，他要做的事毕竟不光彩，而且肯定会打破不少积习与常规。即使养老院并不适合上演《复仇者的悲剧》[1]，但他还是感觉到了风险，代替上帝实施报复的风险。那感觉非常强烈，就像进入一座意大利城堡的地下墓穴。他抖擞起精神，想要认真检视自己这么做的动机。如果生者问心无愧，那么，死者未必会变成鬼怪，与人纠缠。他母亲就如同一堆落石，正好挡住了山口。也许他可以将她移除，但只要有半点杀心，她就会盘桓在山口，阴魂不散。

他决定还是不要帮助她自杀。请求结束自己的生命，这是她最后也是最毒的一招，因为从儿子出生那刻起，这个女人就一直说她才是那个需要取悦的人。他会再去看望埃莉诺，然后就那样离开，这才是最残忍的复仇。他试图保持愤怒，这样就能狠下心来，拒绝她的请求。可是，恻隐之心却又让他备受煎熬。怜悯是很难承受的，相比之下，他发现仇恨是多么轻浮。

“那好，为了自己，去死死看吧。”他喃喃地说着，一边拨通了“自愿安乐死协会”[2]的电话。

在去美国以前，他就开始暗中调查。他之所以不告诉玛丽，是因为每次讨论大事，他们都会吵个没完。他也没有告诉朱莉娅，因为两人的婚外情已经在苟延残喘。不管怎么说，这事也的确应该保密，因为在英国协助自杀可以判十四年有期徒刑。他在报上读过一些文章，说有些护士盲目给病人注射，结果因此锒铛入狱。“自愿安乐死协会”，尽管名字挺响亮，其实也帮不上忙。这是个宣传活动组织，旨在推动相关的法律修订。帕特里克还记得，阿瑟·库斯勒[3]夫妇曾经用“出口”[4]提供的塑料袋在位于蒙彼利埃广场的家中窒息自杀。“自愿安乐

---

1 《复仇者的悲剧》（Revenger's Tragedy, 1607），詹姆士一世时期的英国复仇悲剧，作者托马斯·米德尔顿（Thmoas Middleton, 1580—1627）。

2 自愿安乐死协会（Voluntary Euthanasia Society），英国全国性组织，成立于 1953 年，目前约有 25000 名注册会员。

3 阿瑟·库斯勒（Arthur Koestler, 1905—1983），匈牙利裔英国作家，代表作《中午的黑暗》。 1983 年，因不堪病痛折磨，与妻子在家中自杀。

4 “出口” (Exit)，倡导安乐死的英国独立研究团体。

死协会”接电话的那位女士并不了解“出口”这个组织。她甚至无法对大多数问题做出任何评论，因为她的建议有可能会被当作自杀“辅导”，而这和协助与资助自杀同样被视作犯罪行为。她也没听说过一个叫“尊严”[1]的组织，更不知该怎么和对方取得联系。眼看一次没有结果的对话终于要结束，帕特里克不禁在想，原来，并不是只有那永生的真神“制定禁止自杀的律法”。[2]几分钟后，还是查号台把“尊严”的号码给了他，这些人才不管什么法律后果。

打电话给瑞士的时候，他的脉搏跳得很快。接电话的人语气很平静，而且除了德语还会说英语。他答应会把相关信息发过来。帕特里克追问其中涉及的法律问题，他说这不是医生主导的安乐死，而是病人主导的协助自杀。等申请获得批准、确定自杀完全出于自愿以后，瑞士医生会给病人开些巴比妥类镇静剂。如果他想在入会表格寄到以前加快进程，那就应该让埃莉诺先签好同意书，再请医生写一份病情诊断报告。帕特里克说，母亲已经不会提笔写字，而且恐怕也无法给自己打针。

“那签名呢？”

---

1 “尊严”（Dignitas），瑞士的一个非营利性安乐死协会。

2 莎士比亚著《哈姆雷特》第1幕第2场：“或者那永生的真神不曾制定禁止自杀的律法！”此处作者反其意而用之，目的在于讽刺。

“勉强还行。”

“吞咽呢？”

“也还行。”

“那，也许我们可以帮帮她。”

挂了电话以后，帕特里克兴奋得不得了。签名，吞咽，这就是进入王国的钥匙，发射导弹的密码。很快，埃莉诺就会失去这些能力。昂贵的镇静剂沿着她发亮的下巴一滴一滴往下流，但这已无济于事，一想到这画面，他就害怕。至于她的签名，已经变成了阿尔卑斯山的剪影，看着倒挺像托马斯刚学写字时的笔迹。帕特里克在公寓的客厅里来回踱步。他现在“在家工作”。每天，等罗伯特出门上学，等玛丽把托马斯送到“荷兰公园”以后，他才继续秘密调查。此刻，整个公寓都是他的，他可以为所欲为，不必为谁负责，也不必对谁示好。这真是求之不得，因为他不停地走来走去，不停地念念有词，“签名，吞咽，签名，吞咽”，就像房间角落里一只被缚的鹦鹉。他感到越来越紧张，所以只得停下来缓口气，驱散快要昏厥的幻觉。他的兴奋含有阴险而歹毒的性质。他会满足埃莉诺的要求。但这要求何尝又不是他自己的呢？

他窥见自己对谋杀的渴望，感到非常不安。他想喝一杯巴比妥类镇静剂，这看似全新的欲望，实则一直都潜藏在心底。

“趁这午夜，安详地向人世告别”[1]，——只要把这句诗稍加调整，就几乎能拼写出人生最后一杯饮料的化学名：息斯觅脱诺品。[2]

“我的天！你有一瓶息斯觅脱诺品！我能喝一点吗？”临到走廊的尽头，他突然大声尖叫，然后转过身，重又往回走。家里面到处留下了他的思考，更确切地说，他的思考吸引了周围的一切。在他的脑海里，一场声势不算浩大的小型抗议游行正在进行。先是几个伦理团体的代表从汉普斯泰德[3]出发，沿途呼吁禁止一切不必要的痛苦。等一行人走到瑞士小屋[4]的时候，队伍开始迅速壮大。很快，所有店铺都关门歇业，所有饭店变得空空荡荡，所有列车停驶，所有加油站见不到一个人影。全城人都在涌向白厅[5]、特拉法加广场和国会广场，一边声讨不必要的痛苦，一边为息斯觅脱诺品大声疾呼。

“为什么猫和狗可以死，”他在舞台前沿哀号，“而她……”他哽咽得说不出话来。“呃，不说了。”话音未落，他已瘫倒在沙发上。

---

1 引自济慈的名作《夜莺颂》（屠岸译文）。

2 疑似作者杜撰的药名（Sismidnopin），由上述引句的部分音节缩略而成。

3 汉普斯泰德（Hampstead），伦敦著名的文教区，也是富翁、豪宅聚集之处。

4 瑞士小屋（Swiss Cottage），地铁站名，位于伦敦市区北部。

5 白厅（Whitehall），英国政府机关所在地。

“我只是在尽力帮助老母亲。”他换了个口气，继续哄骗自己，“坦白说，她已经不中用了。再不能像过去那样享受生活。连旧电视机都没法看。视力衰退。读书给她听也没用，那只会让她干着急。多小的事她都害怕，连美好的回忆都受不了。情况很糟糕，真的很糟糕。”

这是谁在说话？说给谁听？他自觉有些恍惚。

慢慢地呼气。这感觉太强烈了。再继续下去，他会心脏病发作，死的人会是他。他发现自己正在裂成碎片，因为他的处境——请求协助母亲自杀——已经简单到难以承受，而她的处境——对存在分分秒秒的恐惧——更是让人不忍直视。他想要坚持下去，思考那件无法思考的事情：埃莉诺的体验。他想象母亲在床上痛不欲生的感觉。突然，他流下了眼泪，所有逃避的理由顿时化为乌有。

终于，那天早上，在他的公寓，复仇与怜悯结束了对抗。现在，他只希望家里的每个人都能自由，包括他母亲。他决定在去美国以前加快速度，赶紧弄到病情诊断报告。这件事倒不必去求养老院的医生，因为他们的任务就是要让病人活着，注射自杀是绝对不允许的。费内伦大夫是帕特里克的家庭医生，可他之前没给埃莉诺看过病。这是个有同情心又很聪明的人，他虽然信仰天主，但还是会开些有用的药方，缩短病人候诊的时间。帕特里克向来以为他思想很成熟，可是，那天听他说起在安普福思上的伦理课，他又有些懵了。那感觉就像让牧师在你年少时所描绘的世界蓝图上喷了一层“绝对正确”的定影液。

“我还是觉得自杀有罪，”费内伦大夫说，“但我不再相信自杀是因为受了魔鬼的诱惑，因为现在大家都知道，其实他们是得了一种叫作抑郁症的病。”

“听着，”帕特里克试着尽量克制自己——他没想到魔鬼竟然也是受邀嘉宾——“当你不能动，不能说话，不能看书，而且知道大脑已经失控，这时候，抑郁就不再是一种病，而是唯一合理的反应。只有快乐才需要腺体功能障碍，或者超自然的力量，来加以解释。”

“病人感到抑郁，我们就给他抗抑郁药。”费内伦大夫还是坚持自己的意见。

“她已经在吃抗抑郁的药。没错，这的确让她恢复了一点热情，不再那么讨厌活着。但也正是在开始服药以后，她才求我协助她自杀的。”

“面对死亡，这也是难得的体验嘛。”费内伦大夫正想发表议论。

“我看，她恐怕已经无法体验。”帕特里克打断了他的话，“她现在站都站不起来。但如果您的意思是，这是您个人难得的体验，那我必须说，我更关心她的生命质量而不是您的。”

“我的意思是，”那大夫倒也沉得住气，尽管帕特里克挖苦了他，“病痛可能会产生转化效果。有些人经过剧烈的挣扎，会豁然开朗，体会到从未有过的平静。”

“那也要有某种自我意识才能体会吧——而这恰恰是我母亲正在丧失的。”

费内伦大夫背靠着有纽扣装饰的皮椅，同情地点点头。他身后的架子上露出一个基督受难像。这东西帕特里克早就见过很多次，但此刻，它却似乎在嘲笑他，嘲笑他颠倒了光荣与痛苦，把它厌恶的东西变成了生命最重要的意义：不单是迫使一个人深刻反思的世俗意义，同时也指向了完全神秘的意义——耶稣在两千年前违抗法律，就是为了清洗世人的罪过。什么叫清洗世人的罪过？很显然，这不是说人的罪会因此减少。其次，耶稣的惨死为什么必然带来拯救？据他所知，这事根本就没发生。这以前，他还只是对基督教漠不关心，可现在，他发现自己是那么痛恨它，痛恨它剥夺了埃莉诺求死的权利。费内伦大夫又追溯了几段年少时的回忆，然后，他终于答应就埃莉诺的病情撰写一份报告。他很明确地说，报告有没有用与他无关，接着便和帕特里克约定，两天后在养老院见。

帕特里克回去把好消息转告了母亲，并开始准备让她跟医生见面。

“我想……”她怒吼道。半小时后，她又挤出两个字：“瑞……士。”

母亲很不耐烦，同样，他对她的不耐烦也开始感到不耐烦。

“已经尽快在办了。”他平静地回答说。

“你……看着……像……我……儿子。”她终于说了一句完整的话。

“这倒不难解释，”帕特里克说，“因为我就是你儿子。”

“不！”她对这最后的判断很有自信。

临走的时候，帕特里克越发觉得时间紧迫。很快，埃莉诺就会变成老糊涂，连同意书都签不了。

第二天，他把费内伦大夫领到埃莉诺那臭烘烘的房间。埃莉诺看着极为高兴，帕特里克从没见过她这样，但立刻就明白了其中的原因。她以为只要好好表现，就能说服医生，让他知道自己是个好女孩，应该得到奖励。她一脸崇拜地望着他。这医生是她的大救星，她的死亡天使。费内伦大夫让帕特里克别走，他怕埃莉诺语无伦次，自己听不懂。但他惊喜地发现，病人的反应能力还挺好，而且没有长褥疮，皮肤的总体状况也不错。帕特里克把脸转过一边，他不想看那白花花、皱巴巴的肚子，感觉自己不应该，当然也不愿意，多看母亲的身体。埃莉诺的迫不及待弄得他都快疯了。上星期，他费那么大劲描述她遭受的痛苦，可现在怎么都不表现出来？一次又一次，她太让人失望了。他心想，在回诊室的路上，费内伦大夫肯定会口拟一份极其乐观的诊断报告。那天晚上，他写好了同意书，但却无法立刻去见母亲。反正，在去美国度假前，诊断报告想必是寄不到了，所以他决定把这事先放一放，等回来再说。

在美国的时候，他尽量不去想这件事，因为想了也没用。但他知道，这项秘密的死亡计划会疏远他和家人的关系。戒酒之后，他便坚守着那个有些模糊的理想——“三区”，沃尔特和贝丝的花园。每次要给“三区”下定义，他都只能想到慷慨无私；这不是用于补偿，也与责任无关。尽管说不清楚，他还是笃信这脆弱的直觉，想要做个好人。

直到在飞回英国的路上，他才终于把事情告诉玛丽。托马斯已经睡着，罗伯特在看电影。一开始，玛丽只说很同情他所经历的辛苦。她不知道该不该说出心头的疑虑：帕特里克一直忙着检视自己的动机，可能并没有多为埃莉诺着想。求死是人生中最普通的一件事，但面对死亡却是另一回事。埃莉诺请求帮助，不是要主动让位，而是因为已经无计可施，只能靠这样继续引起家人的关注。她果真知道她得自己动手吗？玛丽寻思，埃莉诺一定是在幻想有个极其高明的医生，目光深邃，有如高山的湖水，附身给她一个致命的吻，向她道一声晚安，而不是给她一杯苦涩的巴比妥类镇静剂，让她自己喝下去。在玛丽的心目中，埃莉诺是最幼稚的，连托马斯都不如。

“她做不到的。”玛丽终于说出自己的看法，“她咽不下去。你得找那种特别的救护直升机，把她带去瑞士看病、配药，不过，她还是做不到。”

“要是跑去瑞士还不行，那我就杀了她。”帕特里克说。

“那她肯定求之不得。”玛丽说，“其实，她不是想死，而是想求生。”

“管它呢。”帕特里克很不耐烦地叹气道，“不过，既然她难得说句实话，那我还是得认真对待。”

“我觉得，她倒是真的想死，”玛丽说，“可有没有准备好，那就不好说了。”

虽然隔着耳机，罗伯特还是能感到父母在激烈地讨论着什么。他摘下耳机，问他们在谈什么。

“还不是你奶奶的事——我们在想该怎么帮助她。”玛丽说。

罗伯特重又戴上了耳机。在他看来，埃莉诺只是个还没有死的人。父母已经不再带他和托马斯去看埃莉诺，因为他们都说那样子太吓人。现在，他勉强还记得多年前和奶奶亲近的日子，可是偏又不想勉强自己。有时，外婆在的时候，他也会惊觉自己的态度太冷淡。相比于凯特尔的自私与苛刻，他还是更记得埃莉诺的温和、善意及其留下的伤痕与痛苦。然后，他便忘记埃莉诺是如何骗取了圣纳泽尔，忘记这对他们有多么不公。现在，他反而为埃莉诺感到不幸——不仅为她的处境，也为她这个人。说到底，每个人都是不幸的，因为他无法成为别人。他倒不是想要变成谁，而是根本没这个能力，即使碰到紧急情况。你想，这有多可怕啊。他又摘下了耳机，好像这东西在束缚着他。飞机上正在播一部喜剧，片中一条会说话的狗当选了美国总统，但这电影也没啥意思。于是，罗伯特把频道切换至地图页。屏幕显示，飞机正盘旋在爱尔兰海岸附近，科克郡以南海面。然后地图放大，伦敦、巴黎、比斯开湾一览无余。接着，卡萨布兰卡、吉布提和华沙也都映入了眼帘。再继续下去，这信息的盛宴何时才能结束？他们距月球还有多远？终于，大家都想知道的消息出来了：再过 52 分钟，飞机就将抵达目的地。他们已经飞过七个时区，而且越飞天越暗。速度，高度，气温，纽约当地时间，伦敦当地时间。什么信息都有，就是不告诉你飞机上的时间。手表完全跟不上那些扭曲、浓缩过的分分秒秒。他们应该一直拨着指针说“现在”，直到返回地面，重新开始准确计时。

他也盼着回到地面，回到伦敦的家。失去圣纳泽尔以后，伦敦已经变成他唯一的家。他听说，有些孩子会假称自己是被领养的，还说他们的亲生父母要比养父母阔得多。他对圣纳泽尔的感情也跟这差不多，他总觉得那才是自己真正的家。在痛失家园以后，他才逐步接受了现实，发现自己还是更适合这个他出生的城市，这里湿透的广告牌、高大的梧桐树。相比于纽约的稠密，伦敦对乡村仍留有一份眷恋，街巷疏散而幽深，似乎完全不是城市该有的样子。然而，他还是盼着回去，去看看公园里肥滋滋的黑泥，去看看雨中的游乐场、堆积的落叶，去看看穿衣镜里粗糙扎人的校服，去听听上学路上车门的开关声。那种深沉的感受非常奇妙，似乎什么都无法比拟。

空姐告诉玛丽飞机就要降落，她得把托马斯叫醒。托马斯醒了，玛丽递给他一瓶牛奶。喝到一半的时候，他拔掉瓶盖喊道：“阿拉巴拉在驾驶舱！”他睁圆了眼睛看看哥哥：“他要驾驶飞机降落啦！”

“哦哦，”罗伯特说，“这下糟了。”

“机长说：‘不，阿拉巴拉，你不能驾驶飞机。’”托马斯拍着大腿说，“‘还是让费兰来吧。’”

“费兰也在驾驶舱？”

“对，他也在。他是副驾驶。”

“真的？那谁是正驾驶？”

“斯科特·特雷西。[1]”

“这么说，还是架‘国际救援组织’的专机？”

“对。我们得去救五滕敦。”

“五滕敦是什么？”

“呃，其实它是一只刺猬，不小心掉进了河里！”

“泰晤士河？”

“对！它不会游泳，所以戈登·特雷西必须驾驶‘雷鸟4号’去救它。”

托马斯猛地伸出一只手，模仿潜艇的样子，行驶在泰晤士河浑浊的江水里。

罗伯特哼着《雷鸟神机队》的主题曲，一边敲打着两人座椅之间的扶手。

“也许，你可以让她在同意书上签字。”帕特里克说。

---

1 斯科特·特雷西（Scott Tracy），在《雷鸟神机队》系列电影与剧集中担任“雷鸟1号”的飞行员兼队长，是“国际救援组织”中最英勇的战士。

“行。”玛丽说。

“起码，我们可以把各种材料先准备好……”

“什么材料？”罗伯特问。

“算了。”玛丽回道，“看，飞机马上就要着陆。”她想让那些闪亮的田野、拥堵的公路、一撮撮的红房子尽量显得有趣些，虽然事实并非如此。

就在他们到家的那天，“尊严”的入会表格、费内伦大夫的诊断报告也都出现在门厅的那堆信件里。帕特里克累坏了，他四仰八叉地躺在黑沙发上，读着“尊严”寄来的宣传册。

“他们引述的这些人全都得了绝症，痛不欲生，要不就是连眨眼都很困难。”他评论道，“我担心她病得还不够重。”

“还是先准备好各种材料，看人家怎么说吧。”玛丽回道。

帕特里克把出国前写的同意书递给她，她带着信来到养老院。楼上过道里，保洁员用楔子抵住了房间的门，方便空气流通。从门口望去，埃莉诺貌似很平静。然后，她发觉有人走进房间，便茫然又愤怒地盯着来者的方向。玛丽报了自己的名字，埃莉诺一听，立刻抓住床栏，想要坐起来，一边发出绝望而含糊的声音。玛丽自觉打断了埃莉诺与灵界的交流；在那里，情况起码不像地球上这么糟。她突然感到，生命的两端都极其恐怖，而其间的过程也同样可怕。难怪人总是设法想要逃避。

现在问埃莉诺感觉如何已经毫无意义，任何交谈都是徒劳，所以玛丽干脆开门见山，把家人的情况概述了一遍。埃莉诺似乎很怕被置于家族的坐标之内。于是，玛丽便直奔主题，想起了此行的目的。她提议把信的内容大声念给她听。

“如果你同意信上说的，可以在上面签字。”她解释道。

埃莉诺点点头。

玛丽站起身，走到门口，瞄了一眼过道，看有没有护士经过，然后关上了门。她把椅子挪到床边，下巴枕着护栏，在埃莉诺身边掏出了信纸。她格外紧张地开始念信。

过去几年里，我有过几次中风的经历，且每经历一次，病情就随之加剧。我现在既不能说也不能动，整天卧病在床，大小便失禁。因为无法动弹、形同废物，所以时时感到痛苦、恐惧和沮丧。现在看来，病情非但不会有所好转，恐怕还会慢慢发展为痴呆。目前，我已自觉所有感官都在退化。我个人并不畏死，反而视死如归。且除此以外，实在找不到解脱的办法。还望您多多体谅，助我一臂之力。

某某某　敬上

“你觉得这么写行吗？”玛丽强忍着眼泪。

“不……行。”埃莉诺费劲地回道。

“我是说有没有什么不妥。”

“行。”

两人默默地握着彼此的手，过了好一会儿。埃莉诺巴巴地望着她，露出一种饥饿的眼神。

“那你想不想签字？”

“签。”埃莉诺憋足了劲说。

她终于逃出房间，来到大街上。离开尿液和煮白菜的气味，离开等待死亡的候车室，她觉得如释重负，同时也感谢能和埃莉诺有过片刻的交流。在那只紧握的手中，她不仅感受到殷切的祈求，而且还有一种坚定；她开始怀疑埃莉诺求死的决心。然而，埃莉诺的确像失落了什么。她不再关心尘世，关心家庭、友情、政治、房产，但也没有臻于冥想与精神的满足；她只是牺牲了其中的一个。假如她来自某个部落，能听见塞壬的歌声，那她一定会誓死求生，而不是坐以待毙。拯救总是在别处。突然间，生存反倒成了更高的精神追求——学会忍耐，接受苦难的考验，如此这般。她必将面临更为可怕的生活，所以死亡似乎才是精神的飞升——从哪里来回哪里去，别再成为别人的负担，和耶稣在隧道的尽头相遇，如此这般。因为从未有效地关注精神，或者生命的其他部分，所以它必定要历经无穷的转变，但又不失去理论上的中心地位。

玛丽快到家的时候，托马斯跑来门厅迎接她。他抱着玛丽的大腿，显得有些吃力，因为他脖子上卡着个霍伯曼变形球，一种可折叠的彩色十二面体玩具，虽然他自以为戴了一顶锥顶盔。他手上套着一双袜子，手里拿着电池驱动的螺旋桨风扇，风扇上挂着装饰小彩灯——这还是上回去布莱克希思[1]看“中国国家马戏团”[2]演出时买的。

“妈妈，我们都住在地球上，是吗？”

“多数人是这样。”玛丽想起她在房门口瞥见的埃莉诺的表情。

“啊，我就知道。”托马斯得意地说，“除了在外太空的宇航员。他们飘来飘去，因为失去了重力！”

“她签字了？”帕特里克出现在门口。

“嗯。”玛丽伸手把信递给他。

帕特里克将同意书、入会表格和诊断报告一并寄往了瑞士，等过了几天，他又打电话去问母亲的申请是否有可能

1 布莱克希思（Blackheath），伦敦东南部的一个郊区。
2 中国国家马戏团（Chinese State Circus）创立于1990年代，长期在欧洲巡演，深受观众欢迎。

通过。

“这个情况我们可以提供协助。”对方是这么答复的。他坚决不想意气用事，不希望恐慌、欣喜和严肃找上门来，而自己却只能假装不在家，只能躲在窗帘后面偷瞄。紧接的一周，家里人被各种实际的要求所包围，而这恰恰帮了他的大忙。玛丽把消息告诉埃莉诺，埃莉诺露出了灿烂的微笑。帕特里克订了下周四的机票。养老院得知埃莉诺要搬走，但又不知搬到哪里。另外，他还和苏黎世的医生约好了看诊时间。

“下周四咱们都去告个别吧。”帕特里克说。

“托马斯就算了。”玛丽说，“他已经好久没见过埃莉诺，而且，上次也明确说感觉很不好。倒是罗伯特还记得她生病前的样子。”

周三下午，玛丽的好友都没法替她照顾托马斯，所以最后她只得去找自己的母亲。

“我当然会尽力帮忙。”凯特尔说。她感觉时机来得正好，终于轮到自己可以教训女儿几句。“干吗不中午就把他送过来？安帕罗可以给他做点好吃的炸鱼条。跟埃莉诺告别以后，你们也都可以过来吃茶点。”

转眼到了周三，玛丽把托马斯带到母亲住的公寓。

“你母亲不在。”安帕罗说。

“哦。”玛丽吃了一惊，与此同时，她在想自己为什么会吃惊。

“她出去买下午茶的蛋糕。”

“但她很快就会回来……”

“她约了朋友一起吃午饭，然后再回来。不过，你别担心，我会照顾这小孩。”

说着，她向托马斯伸出一双贪婪又谄媚的手。这之前，托马斯只见过她一次，所以玛丽多少有些犹豫，但主要还是感到一种极度的厌倦。她不会，再不会请母亲帮忙。但这决定似乎已经太晚，来不及撤销，就像悬崖上的岩石已经落入大海。她朝安帕罗微微一笑，然后把托马斯送到她手里，也没说太多安慰的话，就怕孩子担心自身的处境。

托马斯心想，既来之则安之，于是便走到客厅的壁炉旁，开始玩那个断电的门铃。他很爱站在小椅子上按门铃，谁要是靠近壁炉的门，他都给放进来。等安帕罗告别玛丽回来找他的时候，托马斯已经在欢迎新的访客了。

“獾先生。”他说。

“谁是獾先生？”安帕罗警惕地问。

“獾先生不习惯抽烟，”托马斯说，“因为香烟会让他长大、变小。所以他抽雪茄！”

“哦，不，宝贝，你可不能抽烟。”安帕罗说，“抽烟对你可不好。”

托马斯爬上小椅子，又开始摁门铃。

“听，”他说，“门口有人。”

他纵身跳下椅子，飞快地绕过桌子。“我去开门。”他一边跑向壁炉，一边解释道。

“小心。”安帕罗说。

“佩内洛普小姐来了。[1]”托马斯说，“你现在就是佩内洛普小姐！”

“你能帮我用吸尘器拖地吗？”安帕罗问。

“是的，小姐。”托马斯模仿起帕克的嗓音，“你会在帽盒里找到一个巧克力的保温杯。”说完，他高兴地狂吼一声，躺倒在沙发坐垫上。

“哦，天哪，我才刚整理好的。”安帕罗都快要哭了。

“我要造房子。”托马斯一把将坐垫拽到地上。“我要造房子！”他叫嚣着。安帕罗只得把坐垫一个个捡起来。然后他低下头，使劲皱起眉头。“看，安帕罗，这是我生气的样子。”

---

1 佩内洛普小姐（Lady Penelope），《雷鸟神机队》中的人物，“国际救援组织”的外勤特工。

安帕罗拗不过，答应给他造房子。托马斯钻到两块坐垫中间，然后又在头上顶了一块。

“只可惜，”他摆好了姿势说，“比阿特丽克斯·波特很早就死了。”

“是啊，太可惜了，宝贝。”安帕罗说。

托马斯希望父母能活很久，希望他们获得“永生”。这是他从《儿童希腊神话故事》里学到的一个词。阿里阿德涅获得了永生，因为狄奥尼索斯把她变成了一颗星。[1]所谓永生，就是说她将永远活着——作为一颗星星。他不希望父母变成星星。那有什么意思？只是在天上闪闪发亮。

“只是在天上闪闪发亮。”他疑惑地说。

“哦，我的天，你跟我到卫生间来。”

他不明白，安帕罗干吗要他站在马桶边上，还要扒他的裤子。

“我不想尿尿。”他很直接地说，说完就走开了。其实，跟安帕罗说话很费劲。她好像什么都不懂。托马斯决定要去远征。于是，她就跟在后面，继续唠叨。

“别，安帕罗，”他发火了，“别跟着我。”

---

1 据希腊神话，阿里阿德涅（Ariadne）在那克索斯岛遇见了狄奥尼索斯，并成为他的祭司和妻子，后升天化为北冕星座。

“不跟着不行，宝贝。你得有大人陪着。”

“不！我！”托马斯说，“你让我感到沮丧！”

安帕罗笑弯了腰。“哦，我的天。”她说，“你会的词可真多。”

“我得说话，要不然嘴巴会堵住。”托马斯回道。

“你现在几岁啦，宝贝？”

“三岁。”托马斯说，“你以为我几岁？”

“我以为起码五岁，你都长这么大了。”

“嗯哼。”托马斯说。

眼看甩不掉安帕罗，托马斯决定用父母的办法来对付她。每次父母管不住自己，也都是这么干的。

“要不我给你说个阿拉巴拉的故事？”他说。

两人回到客厅。他让安帕罗坐在扶手椅上，自己则钻进坐垫垒起的洞穴里。

“想当初，”他开始说，“阿拉巴拉住在加州。有一天，他开车带着妈妈，突然遇到了地震！”

“但愿这故事有个美满的结局。”安帕罗说。

“不！”托马斯说，“不许你插嘴！”他叹了口气，重头开始说，“地全裂开了，加州掉进了大海，你想想，这得有多麻烦。一个大浪扑过来，他对妈妈说，‘我们可以冲浪去澳洲！’于是他们就出发了，而且还是阿拉巴拉开的车。”他看看天花板，想找点灵感，然后像突然想起了什么，极其自然地补充道，“他们来到澳洲的海滩，发现艾伦·拉佐正在开音乐会！”

“谁是艾伦·拉佐？”安帕罗听得一头雾水。

“他是个作曲家。”托马斯说，“他有几架直升机、小提琴、小号、电钻，阿拉巴拉还在音乐会上表演了节目。”

“他演了什么？”

“他啊，他演奏了吸尘器。”

凯特尔吃完午饭回来了。她发现安帕罗捧着肚子，以为她想到吸尘器被当作乐器，所以才笑得喘不过气。但其实，安帕罗之所以大笑，是因为托马斯彻底颠覆了她对孩子的认知。

“哦，天哪，”她气喘吁吁地说，“这小家伙真不得了。”

两个女人都挣扎着，谁也不想带托马斯。于是，他便终于有了空闲。他决定绝不要变成大人。他不喜欢大人的样子。再说，他要是变成大人，那父母会怎样？他们会变老，像埃莉诺、凯特尔一样。

对讲机响了，托马斯一跃而起。

“我来接！”他说。

“太高了。”凯特尔说。

“我要嘛！”

凯特尔没理他，她一摁按钮把人放进了公寓楼。托马斯尖叫起来。

“这是在叫什么呢？”玛丽来了。

“外婆不让我摁电钮。”托马斯说。

“这又不是玩具。”凯特尔说。

“没错，可他还是个孩子。”玛丽说，“干吗不让他玩对讲机？”

凯特尔受不了女儿那咄咄逼人的架势，想教训她一顿，但想想还是算了。

“反正我做什么都不对，”她说，“那就算我错了吧——以后也没必要指出来。我刚到家，茶点怕是还没准备好。约了人吃午饭，实在脱不开身，急急忙忙赶回来的。”

“是嘛。”玛丽笑了，“我们找停车位的时候，可是见你在商店橱窗前晃悠来着。别担心，以后再不会请你帮忙带孩子了。”

“要不我来做茶点吧。”安帕罗想让凯特尔多跟家人聊聊。

“没事。”凯特尔没好气地说，“做顿茶点还难不倒我。”

“我是不是又孩子气了？”托马斯贴到父亲身上。

“不。”帕特里克说，“你本来就是孩子。只有大人才会孩子气。你不知道，我们大人可会利用这点了。”

“我明白了。”托马斯懂事地点点头。

罗伯特瘫坐在扶手椅上，感觉十分沮丧。他已经受够了祖父母和外祖父母，知道一辈子都逃脱不开。

凯特尔蹒跚地走进房间，放下手中的托盘，累得舒了一口气。

“你母亲怎么样？”她问帕特里克。

“她现在只说两个字。”他回道。

“那你能听懂吗？”

“完全没问题：‘算了。’”

“你是说她不想……去瑞士了？”凯特尔故意用的暗语，因为不想让孩子听出来。

“是的。”帕特里克说。

“这可有点让人搞不懂啊。”凯特尔说。

玛丽知道，母亲在尽量避免她最爱用的那个词：“失望”。

“我们也都觉得挺矛盾。”帕特里克说，“玛丽早看出来了。我猜她可能没那么在乎结果，或者只是头脑比较清楚。不管怎么说，我会慎重对待这项最后的指令，什么也不做。”

“什么也不做？”托马斯问，“我想说，怎么可能什么也不做？因为如果你什么也不做，那就等于做了什么！”

帕特里克扑哧一声笑了。他抱起托马斯，把他放在膝盖上，亲了亲他的头顶。

“我不会再去看她了。”帕特里克说，“这不是出于怨恨，而是出于感激。她既然送礼物给我们，我们就该收下，正所谓恭敬不如从命。”

“礼物？”凯特尔说，“你是不是想多了。”

“就算是吧。不然还能干吗？”帕特里克说得很轻松，“要是不多想，这世界该多么贫乏、浅薄、无趣。再说，可能不多想吗？事情总是比我们看到的更复杂。”

凯特尔顿时被气呆了。她心里同时有几种愤怒，可是，托马斯从爸爸的膝盖上跳下来，绕着摆满茶点的桌子跑啊跑，一边喊着，“算了！算了！”一屋子的沉默全被他填满了。

图字:09-2018-1302 号

图书在版编目(CIP)数据

母乳/(英)爱德华·圣奥宾(Edward St Aubyn)著;刘志刚译.—上海:上海译文出版社,2020.7
书名原文:Mother's Milk
ISBN 978-7-5327-8387-8

Ⅰ.①母… Ⅱ.①爱…②刘… Ⅲ.①长篇小说—英国—现代 Ⅳ.①I561.45

中国版本图书馆 CIP 数据核字(2020)第 103041 号

母乳

[英]爱德华·圣奥宾 著 刘志刚 译
责任编辑/顾真 装帧设计/山川制本

上海译文出版社有限公司出版、发行
网址:www.yiwen.com.cn
200001 上海福建中路 193 号
杭州宏雅印刷有限公司印刷

开本 787×1092 1/32 印张 11 插页 5 字数 129,000
2020 年 8 月第 1 版 2020 年 8 月第 1 次印刷
印数:0,001—6,000 册

ISBN 978-7-5327-8387-8/I·5144
定价:65.00 元